Maria Porten, Eriko Tomiku
Dakinis Traum

Maria Porten, Eriko Tomiku

Dakinis Traum

edition fischer

Bibliografische Information Der Deutschen Bibliothek
Die Deutsche Bibliothek verzeichnet diese Publikation in der
Deutschen Nationalbibliografie; detaillierte bibliografische
Daten sind im Internet über http://dnb.ddb.de abrufbar

© 2006 by edition fischer GmbH
Orber Str. 30, D-60386 Frankfurt/Main
Alle Rechte vorbehalten
Schriftart: Palatino 11°
Herstellung: Satz*Atelier* Cavlar / NL
Printed in Germany
ISBN 3-8301-0914-8

Inhalt

Die Erschaffung der Elefanten 7

Die Tränen des Mondes 17

Amorette 21

Dakinis Traum 31

Die Kette der Schlange 39

Die Botschaft des silbernen Vogels 45

Der Zwerg und die Lokomotive 63

Camara und die Eidechse 80

Lokomotivnummer AB–1110-25 97

Der Große Gott und der Kleine Gott 110

Vier Millionen Knoten 115

Besuch im Nachtkerzengarten 128

Die Erschaffung der Elefanten

Als Gott die Welt erschuf, hatte er eine Riesenfreude daran, immer neue Arten von Pflanzen und Tieren zu gestalten. Das geschah entweder, indem er die bereits erschaffenen weiterentwickelte oder indem er völlig neue erfand. Seine Geschöpfe konnten bei ihrer Entstehung auch mitwirken. Voraussetzung war, dass sie nicht faul im warmen Sand herumlagen, sondern die Fähigkeiten, die Gott ihnen gegeben hatte, nutzten und Gott so erkennen ließen, wo ihnen etwas fehlte.

Die Elefanten verstanden es besonders gut, Gott auf immer neue Ideen zu bringen.

Im Anfang hatten die Elefanten ein rundes Gesicht, schmale, anliegende Ohren, eine flache Nase und einen breiten Mund mit vielen kleinen Zähnen. Sie waren schon immer sehr groß und schwer, und um ihren ungeheuren Appetit zu stillen, mussten sie sich Riesenmengen an Grünfutter und Wasser besorgen.

Einmal war es in der Savanne, in der die Elefantenherde lebte, lange Zeit sehr heiß gewesen. Der Fluss, aus dem die Elefanten tranken, war fast ausgetrocknet, und so zog die Herde weiter, um andere Wasserstellen zu suchen.

Eine Elefantenmutter und ihr kleiner Sohn machten sich allein auf den Weg und sangen beim Laufen die erste Strophe des Liedes vom Wasser.

Wasser, Wasser,
Wasser macht die Wiese grün,
Wasser lässt die Bäume wachsen,
Wasser stillt den Durst der Tiere.

Wir sind hungrig, wir sind durstig.
Für die Elefantenkuh
Und das Elefantenkind,
Wasser, Wasser,
Fließ geschwind.

Schon bald entdeckten die beiden einen Teich, der dicht von Pflanzen umwachsen war. Als der junge Bulle, durstig wie er war, auf das Wasser zurannte, schallte ihm ein drohendes, lang gezogenes Gebrüll entgegen. Sie waren in das Revier einer Tigerfamilie geraten.

»Können wir nicht ein wenig Wasser aus eurem Teich trinken?«, fragte die Elefantenmutter höflich. »Unser Fluss ist von der Hitze eingetrocknet.«

»Das kommt nicht infrage«, antwortete der Tigervater, der gerade zu Besuch war.«

»Hier leben fünf Weibchen und sieben Neugeborene – und ich natürlich! Wir brauchen das Wasser für uns selbst.«

Die Elefantenmutter war sehr stark. Vielleicht hätte sie den Wasserzugang für ihren kleinen Bullen erzwingen können; aber sie sagte:

»Wir sind friedliebende Tiere und wollen keinen Streit. Wenn ihr uns kein Wasser gebt, dann müssen wir wohl weiterziehen. Kannst du es noch ein wenig aushalten ohne zu trinken?«, fragte sie den Kleinen, und der sagte tapfer ja.

Als Gott die Freundlichkeit der Elefanten sah, freute er sich. Gleichzeitig dachte er aber auch darüber nach, was er an ihrem Körper ändern müsste, damit sie besser ausgestattet wären, um neue Wasserquellen zu finden. Und er hatte eine Idee.

Man hörte plötzlich ein Zischen wie von einem Windstoß in der Luft, und als Mutter und Sohn sich anblickten, sahen sie, dass ihnen große Ohren gewachsen waren, die herabhingen und die sie mit starken Muskeln bewegen konnten, z.B. um sich Kühle zuzufächeln.

Mit den neuen Ohren hatte sich aber auch das Gehör der Elefanten verfeinert.

Als sie weiterzogen, malten sie sich aus, welche Geräusche sie hören würden, wenn sie in die Nähe des Wassers kämen, und sangen die zweite Strophe des Wasserliedes.

Wasser, Wasser,
Wasser gurgelt, spritzt und plätschert,
Wasser sprudelt, rinnt und schäumt,
Wasser strudelt, tost und donnert.
Wir sind traurig, wir sind matt.
Für die Elefantenkuh
Und das Elefantenkind
Wasser, Wasser,
Fließ geschwind!

Und schon bald nahmen sie in der Ferne ein leises Plätschern wahr. Sie gingen dem Geräusch nach und sahen einen kleinen, sauberen Fluss. Aber kaum näherten sie sich, hörten sie ein fürchterliches Knurren. Ein Löwenrudel wohnte am Fluss. Der groß gewachsene Löwenmann schüttelte seine zottige Mähne und sagte herablassend:

»Was wollt ihr denn hier?«

»In unserem Heimatgebiet sind alle Teiche und Flüsse ausgetrocknet. Mein Kleiner hat solchen Durst. Könnt ihr uns nicht ein wenig trinken lassen?«, sagte die Elefantenkuh.

»Bitte!«, fügte der kleine Bulle zaghaft hinzu.

»Wo kämen wir da hin, wenn wir alles fremde Gesindel an unseren Fluss heranließen! Ich zähle bis drei, und dann seid ihr verschwunden!«

Was bleibt einem anderes übrig, als sich zu verziehen, wenn man angefeindet wird, aber keinen Krieg führen will?

Gott taten seine durstigen Elefanten leid und er sagte zu sich selbst: »Ich muss mir wohl noch eine weitere Veränderung am Elefantenkörper einfallen lassen, um ihre Witterung zu verbessern.«

Wieder hörten die Elefanten ein Zischen wie einen Windstoß in der Luft und sie merkten, wie ihre Nase zu wachsen begann und zu einem langen, feinfühligen und beweglichen Rüssel wurde.

Solange sie noch kein Trinkwasser für sich gefunden hatten, konnten sie sich wenigstens ein paar saftige Grasbüschel ausreißen und zarte Blätter von den Baumspitzen holen. Und obwohl sie sehr matt waren, sangen sie die dritte Strophe ihres Wasserliedes.

Wasser, Wasser,
Wasser schmeckt so frisch und rein,
Wasser wäscht den Schmutz ab,
Wasser kühlt die heiße Stirne.
Wir sind staubig und wir schwitzen.
Für die Elefantenkuh
Und das Elefantenkind
Wasser, Wasser,
fließ geschwind!

Auf einmal spürten sie ein paar Regentropfen auf ihren Rüsseln. Wasser musste in der Nähe sein. Am Rande einer Höhle sahen sie ein tiefes Loch, auf dessen Grund die einfallenden Lichtstrahlen sich spiegelten.

»Wasser!«, rief der kleine Bulle freudig.

Mit ihrem neuen Rüssel konnten sie ohne Schwierigkeit hinunterlangen, das Wasser ansaugen und sich ins Maul spritzen.

Auf einmal nahmen sie aber ein aufgeregtes Hin-und-her-Gekrabbel unter ihrem Rüssel wahr. Die Bewegung kam von einer völlig verängstigten Schildkrötenfamilie, die sie aufgeweckt hatten.

»Wir hätten sie mit unseren Rüsseln zerdrücken können«, sagte der kleine Elefant ganz erschrocken.

»Wir sind friedliebende Tiere«, sagte die Mutter heute schon zum zweiten Mal. (Es schien ihr wichtig zu sein, ihren Sohn zum Frieden zu erziehen!) »Es ist nicht gut, wenn wir anderen Tieren Schaden zufügen, um uns selbst zu bereichern!«

Der kleine Bulle hatte ja wenigstens ein paar Rüssel voll zu trinken bekommen, und so war er damit einverstanden, noch einmal weiterzuziehen, um endlich einen Teich oder etwas Ähnliches für sie beide allein zu finden.

Gott war sehr stolz, als er sah, dass seine Elefanten so rücksichtsvoll waren und eine solch zarte Seele in ihrem großen Körper entwickelt hatten; aber ohne Wasser konnten sie nun einmal nicht leben, und so musste er sich noch ein weiteres Hilfsmittel ausdenken, das ihnen bei der Wassersuche nützlich sein konnte. Er entwickelte aus ihren Schneidezähnen zwei kräftige Stoßzähne und erklärte ihnen auch gleich deren Gebrauch: »Ihr könnt damit in ausgetrockneten Flussbetten Wasserlöcher graben, und sogar in der Wüste werdet ihr auf Wasser stoßen, wenn ihr euch tief genug in die Erde bohrt.«

Die Elefanten bedankten sich beim Schöpfer und waren gespannt darauf, zu erfahren, was sie mit ihrem neuen Werkzeug ausrichten könnten.

»Lass uns in die Wüste gehen, da gibt es keine anderen Tiere und wir haben endlich unsere Ruhe«, sagten sie zueinander. Kaum in der Wüste angekommen, machten sie Halt und begannen mit ihren neuen Stoßzähnen den Boden aufzuwerfen. Schon bald hörten sie das seit langem ersehnte Geräusch: Eine Quelle von herrlich sauberem Wasser spritzte in die Höhe. Die beiden tranken sich erst einmal satt. Dann entdeckte der kleine Bulle ein lustiges Spiel: Er zog einen Rüssel voll Wasser hoch und spritzte es sich über den Rücken. Was für eine wohltuende Dusche! Sie waren von dem anstrengenden Graben ins Schwitzen geraten und jetzt planschten sie herum und freuten sich. Sie hatten aber auch eine gute Stelle entdeckt. (Vielleicht hatte der liebe Gott ein wenig nachgeholfen!) Der Wasservorrat schien unerschöpflich zu sein.

Mit der Zeit begann das Land um sie herum grün zu werden. Zuerst war es nur Gras, aber dann wuchsen Blumen und Sträucher und schließlich hohe Palmen. Eine Oase war entstanden. Sie hatten nun alles, was ihr Herz begehrte: Wasser, frisches Futter, Sonne und Schatten.

Zu ihrer großen Freude fanden auch die anderen Elefanten der Herde den Weg zur Oase. Auf Bitten der Elefantenkuh schenkte Gott auch ihnen die neuen Ohren, den Rüssel und die Stoßzähne.

Die Elefanten bedankten sich bei Gott für das Geschenk des Wassers und sangen das Danklied.

Danke, danke für das Wasser!
Wir wollen es treu verwalten,
Wir wollen es rein erhalten,
Wir wollen es brüderlich teilen.
Wir sind fröhlich, wir sind satt.
Glücklich ist, wer Wasser hat.

Die Geschichte von der Erschaffung der Elefanten ist damit zu Ende.

Gott war jetzt mit ihrem Körper zufrieden – mit ihrem freundlichen Wesen war er es ja schon längst.

Aber diese Geschichte hat noch ein Nachspiel.

Ein furchtbarer Taifun war über das frühere Wohngebiet der Elefantenherde in der Savanne hereingebrochen. Das Erdreich wurde aufgewirbelt und verschüttete oder verschmutzte Teiche und Flüsse. Niemand konnte mehr trinken.

Die Tiger mussten sich ein neues Revier suchen. Sie schimpften über den Sturm, und so klang das Wasserlied der Tiger ziemlich zornig:

Wasser, Wasser!
Wir sind krank mit müden Lungen.
Wasser, Wasser
Für die Tiger und die Jungen -
Wasser, Wasser, komm gesprungen!

Die Tiger kamen auf ihrem Weg auch zur Oase. Als sie das frische Wasser sahen, wollten sie trinken; aber die Elefanten mit den großen Rüsseln und den meterlangen Stoßzähnen machten ihnen Angst. Außerdem erinnerten sie sich daran, dass sie der durstigen Elefantenmutter und ihrem kleinen Sohn einmal den Zugang zu ihrem Teich versperrt hatten, und sie nahmen an, dass die Elefanten sie jetzt genauso behandeln würden. Darum zogen sie sich beschämt zurück. Nur die Tigerkinder konnten es nicht lassen, ein wenig näher zu kommen. Die Rüssel der Elefanten sahen wirklich zu komisch aus. Die mussten sie etwas genauer betrachten. Die Elefanten schlackerten mit ihren großen Ohren und rollten stolz den Rüssel ein. Die kleinen Elefantenkinder hatten noch nie so lustig gestreifte Katzen gesehen. So zogen sie schnell einen Rüssel voll Wasser aus dem Teich und spritzten die Tigerchen damit an.

Die rissen ihr Maul auf; aber nicht um ihre wachsenden Reißzähne zu zeigen, sondern um die Wassertropfen aufzufangen. Sie schnurrten und streichelten die Rüssel der Elefanten mit ihren dicken, weichen Pfoten.

Als die alte Elefantenkuh, welche die Führerin der Herde war, sah, wie fröhlich die Tierkinder miteinander spielten, sagte sie zu den Tigereltern:

»Wir könnten ganz friedlich miteinander leben, wie ihr seht. Lasst uns unseren alten Streit vergessen.« Und sie luden die durstigen Tiger ein, von ihrem Oasenwasser zu trinken.

Auch das Löwenrudel musste eine neue Wasserstelle suchen.

Sie waren aufgebracht, wie die Tiger es gewesen waren, und ihr Löwenlied tönte entsprechend.

Wasser, Wasser!
Wir sind matt mit schwachen Beinen.
Wasser, Wasser
Für die Löwen und die Kleinen –
Wasser, willst du nicht erscheinen?

Auf ihrer Wassersuche kamen die Löwen an die Höhle, in der die Schildkrötenfamilie lebte. Dort war das Wasser noch nicht verdorben. Aber da die Löwen keine Rüssel hatten, konnten sie nicht in das Loch hinunterlangen und blieben ratlos am Rand stehen. Die Schildkröten sahen so keine Gefahr für sich, und als der Löwenmann, geplagt vom Durst, knurrend um das Wasserloch herum zu laufen begann, schauten sie ihm schadenfroh zu und lachten ihn aus.

Aber sie kannten den Charakter des Löwen nicht. Wenn der Löwe sich einmal etwas in den Kopf gesetzt hat, dann führt er es auch aus, koste es, was es wolle. Und eh sie sich's versahen, machte der Löwe einen riesigen Satz und landete in ihrem Wasserloch. Er trank, bis er genug hatte, und dann nahm er sich die Spötter vor, die jetzt verängstigt in der Ecke saßen. In seinem Zorn fraß er sie alle. Nun wollte er wieder aus dem Loch herausspringen; aber das Loch war so eng und sein Bauch war so dick geworden, dass er sich kaum drehen und wenden und schon gar nicht zum Sprung ansetzen konnte.

Als er begriff, dass er in der Höhle gefangen war, begann er zu brüllen, dass es kilometerweit hallte. Die Löwin brüllte mit und auch die Löwenkinder weinten und wimmerten, denn sie waren zu schwach, dem Löwenmann zu helfen.

Von weitem wurden die Tiger und die Elefanten aufmerksam. Vor allem die Tigerkinder und die Elefantenkinder hörten, dass etwas mit den Löwenkindern nicht stimmen konnte. Sie liefen zum Wasserloch bei der Höhle, um zu prüfen, was da los sei. Als sie den stolzen König der Tiere in seiner misslichen Lage sahen, tat er ihnen leid und sie beschlossen, ihm zu helfen. Die starken Tiger zogen ihn aus dem Loch. Er konnte sich aber nicht aufrichten. Sein Bauch war zu schwer. »Hast du zu viel Wasser getrunken?«, fragte der Tigervater. »Leg dich einmal auf die Seite!«, und der Tiger drückte dem Löwen mit seinen großen Tatzen auf den Bauch. Ein Strahl von Wasser spritzte aus seinem Rachen und gleichzeitig erschienen, plitsch, platsch, eine nach der anderen, die Schildkröten. Sie lebten noch alle, denn der Löwe hatte sie in seinem Zorn ganz heruntergeschluckt.

Die Schildkröten bedankten sich bei den Tigern und Elefanten und wollten wieder in ihr Loch zurück. Aber ihre Wasserstelle war durch den tobenden Löwen zu einer schmutzigen Pfütze geworden. Als die Elefanten die Schildkröten so ratlos am Rande des Wasserloches stehen sahen, luden sie sie ebenfalls ein, mit in ihre Oase zu kommen.

So wendeten sich die Elefanten, die Tiger und die Schildkröten zum Gehen. Und auch die Löwen folgten dem Zug.

Nach dem Einzug der Tiere verwandelte sich die Oase in ein buntes Paradies. Viele andere Tiere gesellten sich noch zu ihnen und alle lebten friedlich miteinander.

Jeden Morgen versammelten sie sich an der Quelle und dankten Gott für das Wasser.

> Danke, danke für das Wasser,
> Wir wollen es treu verwalten,
> Wir wollen es rein erhalten,
> Wir wollen es brüderlich teilen:
> Tiger, Löwen, Elefanten,
> Vögel, Schlangen, Schildkröten.
> Wir sind fröhlich, wir sind satt.
> Glücklich ist, wer Wasser
> hat.

Der Schöpfergott genoss den Frieden und beschloss, mit der Erschaffung der Menschen noch etwas zuzuwarten.

Die Tränen des Mondes

Als die Erde geboren wurde, hatten zwei Geister besondere Freude: der Taggeist und der Nachtgeist. Staunend sahen sie auf den neuen Planeten herab.

»Schau, welch schöne Kugel!«, sagte der Taggeist.
»Und wie leicht sie schwebt!", ergänzte der Nachtgeist.
»Sie leuchtet ganz grün", behauptete der Taggeist.
»Mir erscheint sie eher blau", erwiderte der Nachtgeist.
»Nun gut, sagen wir grün-blau", schlug der Taggeist vor und begann ein Willkommenslied für die schöne junge Erde zu singen. Der Nachtgeist fiel ein und ein wundersames Duett erklang.

Die Harmonie währte nicht lange. Schon bald wollte jeder die Erde für sich allein. Jeder behauptete, er habe den besseren Grund, anzunehmen, dass die Erde ganz speziell für ihn gemacht sei. Jeder glaubte, er liebe die Erde mehr als der andere und könne ihr besseren Nutzen bringen.

»Ich gebe ihr Licht und Wärme«, sagte der Taggeist. »Wenn meine Sonne sie bescheint, beginnt sie zu wachsen und zu blühen und sich mit Tieren und Menschen zu bevölkern, sie wird mutig und stark und freut sich des Lebens.«

Um seine Worte zu bekräftigen, richtete der Taggeist sich strahlend auf in seinem goldenen Sonnenwagen und schnalzte fröhlich mit der Zunge, sodass seine feurigen Pferde vor Vergnügen zu tänzeln begannen.

So viel Pracht hatte der Nachtgeist nicht zu bieten; aber auch er liebte die Erde und würde ihr Gutes schenken. Als er in seinem silbernen Mondwagen, gezogen von schneeweißen Pferden, am

Horizont auftauchte, schauten die Sterne hinter den Wolken hervor und winkten ihm freundlich zu. Und der ganze Himmel begann zu glitzern und zu blinken.

»Ich gebe der Erde Dunkel und Kühle", sagte der Nachtgeist, »wenn mein Mond auf sie blickt, wird sie von Sehnsucht und Liebe erfüllt, sie fängt an zu träumen und fällt in ruhigen, erholsamen Schlaf.«

Von weit unten im Weltraum hatte die Erde das Gespräch mitverfolgt und freute sich auf all die schönen Gaben, welche die beiden Geister ihr zugedacht hatten.

Doch halt! Sie sollte nur eine Hälfte davon erhalten! Jeder der Geister wollte sie ja für sich allein besitzen.

Und schon hörte die Erde die beiden da oben die Bedingungen eines Wettkampfes aushandeln.

»Wir besitzen beide gute Pferde«, sagte der Taggeist. »Veranstalten wir ein Wagenrennen!«

»Das ist eine gute Idee«, sagte der Nachtgeist. »Welche Strecke nehmen wir? Und wie lange müssen wir kämpfen, um unsere Kräfte zu messen? Von mir aus können wir es kurz machen. Zwölf Stunden werden ausreichen, denke ich.«

Der Taggeist war mit diesem Vorschlag überhaupt nicht einverstanden.

Es war Frühling und er fühlte sich stark und spürte, wie seine Kräfte wuchsen.

»Für einen so schönen Kampfpreis, wie es die Erde ist, müssen wir uns schon etwas anstrengen und zeigen, wozu wir fähig sind!«, rief er kampflustig.

Und er markierte eine große Bahn im Weltraum und schlug eine Kampfzeit von 336 Stunden vor.

Dem Nachtgeist blieb nichts anderes übrig, als zuzustimmen.

Die Erde sah, wie die beiden loszischten: der Taggeist in seinem goldenen Sonnenwagen und der Nachgeist im silbernen Mondgefährt. Beide standen aufrecht und hielten die Zügel ihres prächtigen Gespanns in den Händen. Die schönen Pferde flogen in gestrecktem Galopp dahin. Ja, sie flogen im wahrsten Sinn des Wortes, denn sie berührten keinen Boden.

Zuerst lagen beide Kopf an Kopf; aber schon bald blieb der Nachtgeist zurück. Der Abstand vergrößerte sich immer mehr zugunsten des Taggeistes. Die Erde sah mit Erstaunen, wie das Mondgefährt des Nachtgeistes seine Form veränderte: Es nahm immer mehr an Größe ab, wurde zu einer Sichel und schien schließlich ganz verschwunden zu sein.

Als der Taggeist durchs Ziel fuhr, rief er fröhlich »Gewonnen!« durch das Weltall und stimmte ein Triumphlied an, zu dem seine Pferde mit den Hufen lustig den Takt klopften.

Plötzlich verstand die Erde, warum der Nachtgeist nur einen Tag hatte kämpfen wollen. Er wusste natürlich, dass sein Mondgefährt seine Phasen hat! Der Mond würde auch wieder zunehmen; aber das half ihm jetzt, wo der Kampf verloren war, auch nichts mehr. Der Nachtgeist war sehr traurig und weinte. Seine Tränen fielen auf die neu erblühte Erde. In den letzten Sonnenstrahlen des Taggeistes und beim Glanz der ersten Sterne leuchteten die Tränen des Mondgeistes wie lauter kleine Kristalle. Der Mondgeist hatte der Erde den ersten Abendtau geschenkt.

Als der Taggeist sah, wie herrlich die Erde glitzerte, sagte er zum Nachtgeist:

»In deinen Tränen erkenne ich deine reine Liebe zur Erde. Du kannst ihr etwas schenken, was ich ihr nicht geben kann. Wir sollten nicht gegeneinander, sondern miteinander um die Erde werben.«

Der Taggeist machte folgenden Vorschlag: »Wenn ich die Erde mit meiner Sonne beschienen habe, erfreust du sie mit deinen Mondstrahlen.«

Die beiden legten ihren Standort in Bezug auf die Erde genau fest. Da im Weltall die Umlaufbahnen sehr kompliziert sind, war die Anwesenheit des Taggeistes, die man auf der Erde seitdem Tag nennt, und die Anwesenheit des Nachtgeistes, die jetzt Nacht heißt, im Verlauf eines Jahres nicht immer gleich lang. Am 21. Juni darf der Taggeist am längsten bei der Erde verweilen, am 21. Dezember der Nachtgeist. Dazwischen gibt es neben den verschieden langen Tagen und Nächten auch Tag-und-Nacht-Gleiche.

Der Nachtgeist war sehr glücklich, dass alles sich so gut ergeben hatte, und bevor der Schichtwechsel mit dem Taggeist stattfand, weinte er noch einmal. Diesmal waren es Freudentränen und die Erde empfing den ersten Morgentau. Die gerade erwachenden Pflanzen öffneten ihre Kelche; aber bevor sie trinken konnten, hatte die Sonne des kräftig heranbrausenden Taggeistes die klaren Tröpfchen schon weggetrocknet.

Amorette

An einem schönen Frühlingsabend zogen am Himmel weiße Schleierwolken auf. Sie schlossen sich zu einer leichten Decke zusammen, die bald von der untergehenden Sonne in Gelb-Orange-Rot-Violett-Tönen gefärbt wurde. Während die Menschen auf der Erde das Abendrot bewunderten, trafen sich über den Wolken im Palast der Schönheitsgöttin Amandina die vier Göttinnen der Jahreszeiten. In fröhlicher Stimmung schritten sie leichtfüßig über den herrlichen bunten Teppich. Die Wintergöttin war vom Nordpol aus auf einem Eisstrahl zum Treffpunkt geglitten und brachte einen Krug aus Schneekristallen als Gastgeschenk. Die Herbstgöttin, die aus Westen anreiste, füllte ihn gerade mit sprudelndem Traubensaft, als die Sommergöttin aus dem Gefieder ihres Adlers sprang, den sie für Taxidienste zur Verfügung hatte, und eine Regenbogenvase mit üppig blühenden Rosen auf den Teppich stellte. »Uff! Ist das heiß am Äquator!«, sagte sie wie üblich und trank hastig einen großen Becher Traubensaft, der sie so lustig machte, dass sie zu singen und zu tanzen begann. Niemand hatte die Ankunft der Frühlingsgöttin bemerkt; aber aus dem zarten Hyazinthenduft, der plötzlich den ganzen Palast erfüllte, schlossen die Damen, dass die Besucherin aus dem Reich des Ostens angekommen war und ihren blauen Siphon betätigte.

Die Göttinnen tafelten, schwatzten und lachten.

Auf einmal schlich sich ein ernster Ton in ihr Gespräch. Ausgelöst wurde er durch die mit einem heftigen Seufzer verbundene Ankündigung der Frühlingsgöttin, dass sie nun bald Abschied nehmen werde, weil sie morgen früh ihren Dienst auf der Erde zu besorgen habe.

»Du scheinst dich riesig auf deine Arbeit zu freuen«, spöttelte die Sommergöttin.

»Nein, freuen tue ich mich wirklich nicht.«

»Und warum nicht?«

»Es gibt so viele schlechte Strahlungen auf der Erde, dass ich mich verletzt fühle.«

Jetzt griffen die anderen Frauen ins Gespräch ein.

Die Herbstgöttin sagte:

»In meinem Ursprungsland, im Westen, befindet sich das Totenreich, wie ihr wisst, und auch von dort ist viel Schlechtes zu berichten. Die Menschen klammern sich an den dünnsten Grashalm, um nicht sterben zu müssen. Dabei wurde ihnen doch der Glaube gegeben, dass der Tod nicht das Ende des Lebens ist, sondern ein dringend benötigter Vorbereitungsraum für die nächste Lebensstufe, in dem sich ihre kreativen Kräfte aufs Neue entwickeln können. Da die Menschen diese tröstliche Gewissheit verloren haben, versuchen sie alles nur Mögliche in ihr irdisches Leben hineinzupacken und zerstören dabei ihren Körper durch Völlerei und ihre Seele durch Raffgier. Beim Kampf an die Spitze ihrer Gesellschaft verletzen sie auch die Natur: Sie holzen die Wälder ab, töten die Tiere und verpesten die Luft.«

»Ist deine Predigt zu Ende?«, sagte die Sommergöttin. »Ich kann jeden deiner Sätze durch eine gegenteilige Aussage widerlegen: Es gibt Menschen mit gesunden Körpern und schönen Seelen auf der Erde, und es fehlt auch nicht an paradiesischer Natur.«

»Noch!«, sagte die Wintergöttin, die nie ein Wort zu viel gebrauchte.

Ohne auf die Bemerkung der Sommergöttin einzugehen, sagte die Frühlingsgöttin: »Ich wünsche mir, dass ich wieder einmal ein Lebewesen fördern kann, das von Grund auf schön ist. Ich meine nicht, dass es nur äußere Schönheit besitzt, sondern auch seelische Schönheit, die bekanntlich so selten zu finden ist, weil man sie nicht einfach geschenkt bekommt, sondern sie aus eigener Kraft entwickeln muss.«

Amandina, die bis jetzt geschwiegen hatte, sagte: »Damit du wieder Freude an deinem Dienst auf Erden bekommst, Frühlingsgöttin, werde ich versuchen, eine neue Kreatur zu gestalten, die alle nötigen Voraussetzungen besitzt, um sich zu einer Schönheit zu entfalten, wie du sie dir wünschst.

Seid ihr damit einverstanden, meine Freundinnen, ein neues Experiment zu wagen? Und seid ihr auch bereit, dem neuen Lebewesen beim Wachsen zu helfen?«

Die Jahreszeitengöttinnen wussten nicht so recht, worauf Amandina hinauswollte; aber die Aktionen der Schönheitsgöttin waren bis jetzt immer geistreich und kunstvoll gewesen, und so vertrauten sie ihr auch diesmal und sie sagten einstimmig »Ja«!

»Gut, starten wir den Versuch!«, sagte Amandina.

Sie nahm eine flache Schale und streute eine Hand voll Reiskörner darauf.

»Schaut, wie perfekt die Reiskörner sind, wie vollkommen in Farbe und Form. Sie tragen den Keim des Lebens in sich. Wenn man sie in die Erde legt, werden sie wieder zu Reispflanzen. Ich gebe ihnen jetzt aber den Auftrag, sich in das Wesen zu verwandeln, das ich zu schaffen im Sinn habe.« Amandina pustete die Körnchen von der Schale – indem sie sich dabei in alle Himmelsrichtungen wendete – und ließ sie auf die Erde schweben.

Ein Reiskorn war übrig geblieben. Amandina sagte: »So, jetzt seid ihr an der Reihe«, und hielt den Jahreszeitengöttinnen die Schale hin. Da sie alle in verschiedene Richtungen bliesen, rutschte das Reiskorn zuerst nur hin und her; aber auf einmal sprang es ebenfalls über den Rand der Schale, dann über den

Wolkenteppich und fiel schließlich wie die anderen auf die Erde.

Es landete auf einer blühenden Blumenwiese.

»Seht, da liegt es!«, rief die Frühlingsgöttin, »auf der helllila Blüte des Wiesenschaumkrauts!«

Erstaunt sahen die Göttinnen zu, wie das Reiskorn sich auf der Blüte zu strecken und zu dehnen begann.

»Es ist zu einem Ei geworden«, stellte die Herbstgöttin fest.

»Schaut! Es verfärbt sich und bewegt sich weg von der Blüte! Jetzt klebt es unten am Stängel!«

Ein Tierchen kroch aus dem orangefarbenen Ei. Weil die Göttinnen diesen Winzling noch nie gesehen hatten, nannten sie ihn Raupe.

»Die erste Aufgabe, die ich ihm stelle«, sagte Amandina, »heißt wachsen. Dazu muss es fressen, fressen, nichts als fressen.«

Tatsächlich konnten sie zusehen, wie die Raupe wuchs. Bald stand vom Wiesenschaumkraut nur noch das Gerippe da.

Auch die Raupe verfärbte sich. Sie wurde blaugrün und zeigte ihre hellen Seitenstreifen und etliche winzige Beinpaare und Stummelfüßchen, mit denen sie sich vorwärts bewegen konnte. Das Allerseltsamste war, dass die Raupe einige Male ihre Haut abwarf. Diese Häutungen waren notwendig, weil sie immer dicker wurde. Wenn die alte Haut platzte, stand sie schon in einer neuen da.

Dieses Wesen war nicht gerade ein Muster von Schönheit. Worauf wollte Amandina nur hinaus? Leicht kopfschüttelnd verabschiedeten sich die Göttinnen und kehrten in ihr Reich zurück.

Die Frühlingsgöttin machte jeden Tag ihren Rundgang auf der Erde, und gemäß ihrem Versprechen schaute sie auch immer wieder bei der Raupe vorbei.

An einem besonders heißen Frühlingstag verließ die Raupe nach einem üppigen Essen ihre Fresspflanzen und suchte sich einen schattigen Platz zum Ausruhen. Auf einmal bemerkte sie über sich ein kreisrundes Dach. Das war ein guter Ort! Sie stieg an einem hohen, kantigen Stängel empor, und bald bemerkte sie, dass das vermeintliche Dach ein Kranz von schneeweißen zungenartigen Blütenblättern war, der sich um einen Korb von sonnengelben Staubgefäßen schloss. Zum ersten Mal in ihrem Leben sah sie eine Wiesenmargerite.

»Was für eine schöne Blume du bist!«, sagte die Raupe; aber die Blume reagierte nicht.

»Ich habe bis jetzt nur Kräuter mit vielen kleinen Blüten gesehen. Alle Blüten hatten vier Blättchen, die kreuzweise angeordnet waren. Zum Fressen schön, aber auf die Dauer langweilig.« Auch dieser Versuch, ein Gespräch mit der schönen Margerite in Gang zu bringen, schlug fehl. Sie schwieg beharrlich weiter.

Die Raupe wandte sich hin und her, um ihren kräftig gewachsenen Körper zu zeigen, aber als die Blume immer noch nichts sagte, zog sie sich wieder auf ihr Wiesenschaumkraut zurück und betrachtete sie aus der Ferne.

Bald begann es zu regnen. Mit den glitzernden Wassertröpfchen auf ihren frisch gewaschenen Blütenblättern sah die Margerite noch schöner aus.

»Ich glaube, ich habe mich in sie verliebt«, sagte die Raupe. Sie ging wieder zu ihrer Blume und pries mit etwas ungelenken, aber von Herzen kommenden Worten ihre große Schönheit. Es war, als neigte die Margerite ein wenig den Kopf in ihrer Richtung; aber sie sprach kein Wort.

»Willst du zu mir kommen und als meine geliebte Freundin

mit mir leben?«, fragte die Raupe. Die Margerite schwieg und bewegte sich auch keinen Millimeter von der Stelle. Die Raupe verstand die Welt nicht mehr.

Zu Hause bei ihrem Wiesenschaumkraut betrachtete sie in einem großen Regentropfen zum ersten Mal ihr eigenes Spiegelbild.

»Ich bin nicht gerade schön«, sagte sie zu sich selbst, »ich bin sogar sehr hässlich.« Sie kam zur Überzeugung, dass ihr wenig vorteilhaftes Aussehen der Grund dafür sein musste, dass die Blume nicht mit ihr sprach. Sie schaute jeden Nachmittag die abgeblühten, bräunlich herabhängenden Kelche der Nachtkerze an und fühlte sich verstanden in ihrem Kummer.

Drei Tage und drei Nächte blieb sie der Margerite fern und dachte über das traurige Leben einer Zurückgewiesenen nach. Dann fasste sie einen mutigen Entschluss:

»Wenn ich schon nicht ihre Geliebte sein kann, dann will ich wenigstens ihre treusorgende Freundin sein.«

Von nun an hielt sie Wache bei der Blume und vertrieb alle Läuse, welche die Blume belästigten.

Trotz der guten Pflege zeigten sich aber eines Tages bräunliche Ränder an den weißen Blütenblättern. Die lieblichen elastischen Zungen schienen ihre Kraft verloren zu haben, denn beim leichtesten Windstoß lösten sie sich und fielen matt auf den Boden. Der kreisrunde Samenstand blieb noch eine Weile auf dem Stängel, aber sein Sonnengelb hatte sich zu hässlichem Braungelb verfärbt. Die Blume war gestorben.

Die Raupe sagte: »Ohne meine geliebte Blume kann ich nicht mehr leben. Ohne sie hat die Welt für mich allen Reiz verloren. Auch ich will sterben.« Sie nahm keine Nahrung mehr zu sich und begann sich einen Sarg zu bauen. Mit ihren Spinndrüsen produzierte sie eine Flüssigkeit, die beim Austreten an der Luft erstarrte und zu einem starken Faden wurde, mit dem sie sich umwickelte, bis man nichts mehr von ihr sah. Den letzten Teil des Fadens legte sie um ihre Leibesmitte, befestigte ihn an einem starken Zweig ihres Schaumkrauts und fiel in einen tiefen Schlaf.

Im Traum erschien ihr die Margerite, schön wie am ersten Tag und – o Wunder – sie sprach! Sie sagte freundlich lächelnd: »Meine arme Geliebte! Wie starr du da liegst als leblose Puppe! Warum bist du so traurig? Wusstest du nicht, dass Blumen nicht sprechen und sich auch nicht von der Stelle bewegen können? Ich war sehr glücklich über deine Liebe und deine selbstlose Sorge. Mein Körper musste sterben, aber meine Seele lebt. Nimm sie auf bei dir!«

Diese Worte der Liebe machten die Raupe so glücklich, dass sie Lust bekam, weiterzuleben. Mit großer Kraftanstrengung brach sie ihre selbst gebaute Totenhülle auf und erhob sich. Sie fühlte sich feucht und klebrig und merkte, dass sie auf dünnen hohen Beinen stand und dass Blätter auf ihrem Rücken wuchsen.

»Ein schönes Kerlchen!«, hörte sie eine Frauenstimme ausrufen.

»Wie eine weiße Blume sieht es aus.«

»Kein Wunder«, ergänzte eine andere, »die Seele der Margerite war ja an seiner Verwandlung beteiligt.«

»Und seine orangefarbenen Flügelspitzen leuchten wie die Morgenröte, so als hätte Aurora persönlich sie ihm zum Geschenk gegeben«, ergänzte eine dritte.

»Auch seine langen Fühler bewegt es schon. Es muss ein wunderbares Erlebnis sein, all die schönen Düfte der Wiesenblumen wahrnehmen zu können.«

»Es ist hungrig«, sagte eine vierte mit knarrender Stimme und zeigte auf die bisher eingerollte Zunge, die das Wesen jetzt gierig ausstreckte.

Die Frauen, die hier ihre Beobachtungen austauschten, waren keine geringeren als die Jahreszeitengöttinnen.

Sie kamen zum Schluss, dass Amandina mit der Verwandlung der hässlichen Raupe in diese zarte Schönheit etwas Gutes zustande gebracht habe.

Als Amandina sich dann persönlich zu ihnen gesellte, fragte die Sommergöttin: »Wie willst du die neue Inkarnation der Raupe denn nennen?«

»Als ich dieses Wesen erschuf«, sagte Amandina, »dachte ich an eine Kreatur, die mehrere sehr unterschiedliche Entwicklungsstufen durchläuft, in ihrem Kern aber immer dieselbe bleibt. Als solch ein unverändert Überlebendes im Wandel stellten die Griechen sich die Seele vor, die Psyche. Psyche ist der göttliche Hauch, der den Geschöpfen das Leben ermöglicht und der wie die Götter selbst die Kraft der Liebe besitzt und unsterblich ist.

Du willst wissen, wie wir unser schönes neues Lebewesen nennen? Nun, das spielt keine so große Rolle. Wir können ihm irgendeinen Namen geben, z.B. Falter, weil er seine Flügel zusammenfalten kann; oder Sommervogel, weil er in deiner Zeit, liebe Sommergöttin, am häufigsten gesehen wird. Oder geben wir ihm irgendeinen Fantasienamen wie Butterfly, weil er gerne Butter nascht, was auf Deutsch dann zu Schmetterling würde, nach dem alten Wort Schmetten für Butter.

Ich schlage vor, dass wir dieses spezielle Exemplar von Psyche Aurorafalter nennen, weil die Göttin der Morgenröte, wie du, Herbstgöttin, sofort bemerkt hast, in meinen Gedanken Pate stand.«

Alle Anwesenden applaudierten und genossen den guten Traubenwein, den die Herbstgöttin zur Feier des gelungenen Schöpfungsaktes ausschenkte.

»Wie soll es aber weitergehen mit dem neuen Lebewesen? Ist die ganze Herrlichkeit zu Ende, wenn dieser Falter stirbt?«, fragte die Sommergöttin.

»Du ewige Spötterin!«, sagte die Herbstgöttin.

»Amandina hat auch das Weiterleben ihres Geschöpfes mitbedacht. Schau einmal genau auf diese Pflanze namens Seidenblatt.«

Die Göttinnen sahen, wie ein weiterer Schmetterling sich aus seiner Verpuppung befreite. Er hatte dieselbe Gestalt wie der Falter, der sich zuerst entpuppt hatte. Nur fehlten ihm die orangefarbenen Flügelspitzen.

»Das wird sein erstes Weibchen sein«, sagte Amandina.

Die beiden Schmetterlinge blickten sich mit ihren großen Facettenaugen an und winkten mit ihren Fühlern. Sie schienen zu spüren, dass sie zusammengehörten. Sie flogen aufeinander zu, schlossen die Flügel und paarten sich.

Die Göttinnen bemerkten, dass die beiden auf ihrer Flügelunterseite mit den gleichen schönen zartgrünen Mustern gezeichnet waren.

Amandina wendete sich an die Wintergöttin:

»Wenn du, liebe Freundin, an dieser Stelle deine Runde beginnst, könnte es für unsere zarten Falter ungemütlich werden. Ich habe mir gedacht, dass sie entweder in ihrer Puppenhülle, die sehr dicht gesponnen wird, an einer geschützten Stelle überwintern könnten oder dass sie, wenn du einmal besonders grimmig auftrittst, als Wanderfalter in den wärmeren Süden ziehen. Sie haben einen guten Instinkt erhalten und werden die für sie richtige Lösung finden.«

Die Hauptpersonen des Festes – das verliebte Schmetterlingspärchen – hatten sich, nicht ganz unabsichtlich, bei ihrem ersten Flug verflogen.

Im Labyrinth der Blütenwiese benutzten sie zum ersten Mal

ihre Zungen. Sie streckten sie aus, senkten sie in die Blütenkelche der Blumen und schlürften voll Wonne den süßen Nektar. Wohlig satt und zufrieden suchten sie sich einen Platz zum Ausruhen. Sie fanden eine wunderschöne weiße Margerite, und der glückliche Bräutigam erzählte seinem geliebten Weibchen die traurig süße Geschichte von Amor und Psyche.

Dakinis Traum

Dakini ist ein Sanskritwort und heißt auf Deutsch so viel wie »ein hoch entwickeltes Frauenwesen«. Diesen ehrenwerten Namen trägt in unserer Geschichte ein schwarzer tibetanischer Terrier.

Die Namengebung erfolgt bei einem Lebewesen normalerweise kurz nach der Geburt und passt daher nur in den seltensten Fällen wirklich gut. Bei unserem Terrier trifft sie genau. Dakini, das Terrierweibchen, hat sich in seinem kurzen Hundeleben bereits erstaunliche Fähigkeiten erworben.

Sie versteht mehrere Sprachen: das Japanisch von Lady Ma, das Französisch der alten Dame, das Deutsch von Lord Andy und Kurt und das Schwizzerdütsch ihrer restlichen Umgebung, also mindestens dreieinhalb Sprachen. Sie beweist zudem Charakter, wenn sie sich weigert, das Idiom missliebiger Besucher zur Kenntnis zu nehmen.

Was die Kinder besonders freut: Dakini beherrscht eine zehnminütige Zirkusnummer, nicht nur perfekt, sondern auch charmant, indem sie mit ihren lustigen Kugeläuglein lacht.

Nur wenige wissen, dass Dakini mondsüchtig ist. Wenn der Vollmond am Himmel aufsteigt, bellt sie ihn an, und zwar mit fünf kurzen Waus, bevor sie sich zu einem unruhigen Schlaf ins Wohnzimmer begibt.

Heute ist wieder Vollmond. Lady Ma, Lord Andy, Kurt und Dakini sind müde vom Wandern nach Hause gekommen, haben ihren z'Nacht eingenommen und Lord Andy hat noch zur Erbauung aus einem alten Buch das folgende Rätselgedicht vorgelesen.

Rätsel

Die Sonne neigt sich zu den Hügeln
Und gibt dem Abenddämmer Raum.
Da – auf dem mageren, steinigen Boden
wachsen, ohne Anspruch, doch üppig
und kerzengerade buschige Pflanzen.

Oben drängen sich ringsherum
spitzige Spindeln aus den Stängeln,
wie von grüner Haut überzogen.
Im Licht des Tages werden sie heller,
es zeigen sich kleine gelbe Spitzen.

Und auf einmal pch – pch – pppschsch –
durchzuckt sie's – wie von Wirbeln -
das grüne Häutchen wird durchstoßen
– und – vier leuchtend gelbe Blättchen
entfalten sich zu runden Blüten.

Auf ihren Schalen bieten sie
den pelzigen Schwärmern der Nacht
zart duftenden Nektar.
Kennt ihr die Pflanze?
Nachtkerze nennt man sie.

Wisst ihr,
dass sie nur eine Nacht blüht
und am Tag vor der Sonne vergeht?

Wisst ihr,
dass sie große Heilkraft besitzt
und dass kranke Seelen sie suchen?

Wisst ihr,
dass ein voll erblühtes Nachtkerzenfeld
die Ankündigung einer Feenhochzeit ist?

Zu viel denken nach einem langen Tag! Kurt quittiert die Lesung mit Gähnen, Lord Andy mit einem viel sagenden »Nun ja!«. Nur Lady Ma sagt erstaunt: »Ah! Also heute!«, und alle drei Menschenwesen ziehen sich in ihre Schlafzimmer zurück.

Zu Dakinis Freude haben sie die Balkontür nicht richtig geschlossen. Vergnügt schleicht er sich aus dem Haus, macht eine Runde durch den Garten und sucht seinen Lieblingsplatz auf: den Plattenweg neben dem Nachtkerzenfeld. Bellen tut er heute natürlich nicht, um seine unverhoffte Freiheit nicht zu gefährden. Er schaut stumm in den Mond und wedelt zur Begrüßung nur ein paarmal mit dem Schwanz. Dann legt er sich auf die noch warmen Platten, streckt den Kopf zwischen die Vorderpfoten und macht in seiner bequemen Aufmerksamkeit den Eindruck, als wüsste er, welch wunderbare Nacht ihn erwartet.

Während die Sonne hinter der roten Buche verschwindet, öffnen sich die Nachtkerzenblüten, zuerst einzelne, dann viele miteinander, bis Hunderte von hellgelben Punkten eine leise wogende Fläche im Garten bilden.

Plötzlich flimmert auf einer der offenen Schalen ein kleines rotes Licht. Ein silbrig weißes gesellt sich dazu. Die beiden Lichter strecken sich, dehnen sich, ziehen sich zusammen, entfernen sich voneinander, kommen sich wieder näher und winden sich umeinander, als präsentierten sie einen kunstvollen Tanz.
    Das rote Licht ist der Abendrotgeist, der Dirigent der prächtigen Wolkensinfonien, das silbrigweiße die jüngste Sternenfee. Ihre Begegnung hat die Mondgöttin persönlich organisiert, und

wie sie es erwartet hat, ist der Liebesfunke sofort übergesprungen, obwohl die beiden auf den ersten Blick nicht füreinander bestimmt zu sein scheinen.

Der Abendrotgeist ist eine ausgesprochen imponierende Erscheinung. Wenn er die Himmelsfarben von Gelb über Orange, Rot, Blau und Violett ertönen lässt und sie mit Weiß und Silbergrau mischt, und wenn er die Formen der Wolken von Linien, Ovalen und Kreisen zu riesigen Quadern auftürmt oder zu zarten Wellen verflüchtigt, dann schafft er eine himmlische Sinfonie, bei der alle Herzen höher schlagen.

Der Abendrotgeist ist das Idol aller Feen. Jede hätte sich glücklich geschätzt, wenn sie ihn hätte heiraten dürfen, und – um ehrlich zu sein – niemand am Himmel versteht, warum die Mondgöttin ihm, dem größten und beliebtesten aller Stars, ausgerechnet die kleine, unscheinbare Sternenfee als Braut vorgeschlagen hat. Es ist auch kaum zu glauben, dass er sofort in Liebe zu ihr entbrannt ist und sie zu seiner Frau machen will.

Die kleine Sternenfee ist noch ziemlich unreif. Als eine der älteren Feen zum Beispiel einmal eine traurige Liebesgeschichte erzählte, weinte sie so herzerweichend, dass unter ihr drei Häuser nass wurden. Alle lachten sie aus. Um sich wieder ins rechte Licht zu rücken, blinkte und blinzelte sie an diesem Abend so eifrig, dass sie um Mitternacht vor Erschöpfung einschlief. Als die Morgensonne auftauchte, um die Sterne abzulösen, sagte sie ganz erschrocken: »Hoppla! Jetzt habe ich doch tatsächlich während der halben Nacht meine Arbeit versäumt!« Das ›Hoppla‹ ist eins ihrer Wörter, um ihr Erstaunen oder ihr äußerst charmantes Erschrecken auszudrücken. Und erschrocken oder erstaunt ist sie oft. Dann öffnet sie weit ihre Augen und zwei besonders helle Strahlenkränzchen blitzen am südlichen Himmel. Die kleine Fee ist – außer bei so traurigen Liebesgeschichten – immer fröhlich und gut gelaunt. Ihr Licht ist silbrig wie das der anderen Sternenfeen, aber es ist von einer ganz eigenen Herzenswärme durchstrahlt.

Der Abendrotgeist weiß sehr gut, dass er jedes weibliche Wesen am Himmel als Ehefrau gewinnen könnte; aber er hat die kleine Sternenfee gewählt, weil er glaubt, dass sie ihn nach seiner erschöpfenden Arbeit als Dirigent der Himmelssinfonien mit ihrer strahlenden Laune erfreuen und entspannen wird. Ihr herzliches Hoppla tönt wie Göttermusik in seinen Ohren. Er ist richtig süchtig auf ihre Stimme und ihr seelisches Strahlen.

Auch die Glücksgöttin ist zufrieden, als sie die beiden besucht. Ihr Ja zu einer Verbindung gibt sie nur dann, wenn Menschen und Geister eine ganz persönliche und für sie sinnvolle Wahl getroffen haben. Und das ist hier der Fall.

Damit der Termin für die Feenhochzeit festgelegt werden kann, will die Mondgöttin noch alle Missstimmungen verscheuchen und nimmt die eifersüchtigen Sternenfeen ins Gebet: »Meine Lieben«, sagt sie, »ich verstehe euren Unwillen über meine Heiratsvermittlung zwischen dem Abendrotgeist und der kleinen Sternenfee; aber, wie ihr wisst, blicke ich gerne weit in die Zukunft. Dabei habe ich Talente in der kleinen Fee gesehen, die sie befähigen, einmal ein ganz großes Sternbild zu werden und eine neue Sternenfee zu gebären, welche die Begleiterin eines bedeutenden Menschen auf der Erde werden wird. Eine große männliche Kraft an ihrer Seite, wie sie der Abendrotgeist besitzt, wird ihr bei ihrer Entwicklung helfen. Darum bitte ich euch, meinen Vorschlag für eine Verbindung der beiden nicht durch Eifersucht zu erschweren. Glaubt mir, wenn ihr die beiden mit eurer Kraft unterstützt, wird es euch selber Freude bringen, weil ihr eine sinnvolle Entwicklung in der Geister- und Menschenwelt mittragen helft.«

Diese schönen Worte überzeugen die Sternenfeen und sie versprechen ihre Mitarbeit. Sie wählen eine hundertköpfige

Delegation, die sie bei den Hochzeitsfeierlichkeiten vertreten soll.

Nach sieben Sternennächten, die viel kürzer sind als irdische Nächte, findet die Hochzeit statt. Weil das Brautpaar sich im Nachtkerzengarten kennen gelernt hat, will es auch dort seine Hochzeit feiern.

Die Nachtkerzenfee ist sehr stolz, dass ihr Reich ausgewählt wurde, um einen so hohen Anlass zu begehen. Sie überlegt sich, wie man den ganzen Raum frisch und einladend gestalten könnte. Vor allem ist sie darum besorgt, dass alle verwelkten Blüten abgestoßen werden, bevor die Gäste kommen. Sie bittet die Pflanzen, ihre Knospen geschlossen zu halten, bis sie ihnen das Zeichen gibt, sie zu öffnen.

Auf einmal erscheint, viel zu früh, der Bräutigam in seinem violetten Frack. Er kann es nicht abwarten! Als er das dunkle Nachtkerzenfeld sieht, weicht er erschrocken zurück. Was soll das? Ratlos sieht er die Gastgeberin an. Die lächelt vergnügt und sagt:

»Alles zu seiner Zeit, mein lieber Herr Bräutigam. Zuerst bist du an der Reihe. Ich sehe die Gäste kommen. Es ist an dir, sie zu begrüßen.«

Der Abendrotgeist hat besonders zarte Farbtöne und zierliche Wolkenformationen organisiert. Er hebt den Stab, und seine schönste, melodischste, harmonischste – aber auch kürzeste Sinfonie ertönt. Zum ersten Mal in seiner Dirigentenlaufbahn ist er aufgeregt.

Als die Gäste sich dem Nachtkerzenfeld nähern, gibt die Nachtkerzenfee ihren Pflanzen das verabredete Zeichen und alle Blüten springen miteinander auf und verstrahlen ihr schönstes, hellstes Gelb und ihren frischesten Duft. Dazu ertönen unter dem Dirigat des Abendrotgeistes fröhlich-festliche

Klänge. Die Feen tragen luftige Gewänder in Grün, Violett, Rosa, Blau und vielen anderen Farben und schweben zu den einladend geöffneten Nachtkerzenblüten. Für jede ist ein Platz reserviert.

Zu dem pastellfarbenen Wogen und Zittern und Glänzen tritt auf einmal ein leuchtendes Weiß: Die Mondgöttin führt die junge Sternenfee an der Hand. Ihr Brautkleid ist aus lauter Mondstrahlen gewoben. Der Abendrotgeist lässt seinen Dirigentenstab in der Luft stehen und schließt seine schöne Braut in die Arme.

»Hoppla«, flüstert sie ihm ins Ohr, »du hast das Dirigieren vergessen!«

Er strahlt wie ein voll erblühter Fliederstrauch.

Zum Brauttanz hat ein Musiker der Nachtgeister den Dirigentenplatz eingenommen. Aus den vielen Farbtönen der Feen wählt er kräftiges Rot, Tiefblau und ein helles Grün, um einen abwechselnd heißblütigen, träumerischen und fröhlich-beschwingten Tanz zu komponieren, den das Brautpaar in weiten Schwüngen ausführt.

Bald drängen sich die Nachtgeister zu den Feen, um sie zum Tanz aufzufordern. Die Mondgöttin, welche die Schirmherrin des heutigen Festes ist, lässt große Krüge Mondwein servieren, und die Nachtkerzenfee spart nicht mit frisch gewonnenem Nektar.

Während die Gäste sich amüsieren und Amor manchen Pfeil verschießt, tauchen die ersten Nachtfalter auf. Vergebens suchen sie zu ihren Blüten zu gelangen, bis sie entdecken, dass die Nachtkerzenfee sie nicht vergessen hat und dass auch für sie eine große Schale mit Nektar bereitgestellt ist.

Als die Morgenröte sich zeigt und die Sterne verblassen, ziehen sich die Gäste allmählich zurück.

Die Falter sind so lustig geworden durch den köstlichen Nektar, dass sie sich noch nicht zur Ruhe begeben möchten. Sie flattern im dämmernden Garten herum, bis sie genug davon haben und sich ein anderes Spiel ausdenken.

Ah, Dakini! Sie setzen sich auf seine Nase und finden es lustig, dass er immer wieder mit dem Kopf zuckt, weil ihre Berührung ihn kitzelt.

Schließlich steht er auf und begibt sich ins Haus. Er ist ganz betrunken von allem, was er gesehen und gehört hat.

Er geht ins Schlafzimmer und weckt Lady Ma, indem er ihr Ohr leckt. Er versucht ihr all die schönen Ereignisse zu erzählen, bei denen er Zeuge war; aber sie versteht sein aufgeregtes Wauowa–uuu-hu-eieiei nicht. Sie glaubt, er müsse seine Blase entleeren und schickt ihn in den Garten.

Dakini ist enttäuscht. »Ich habe so schnell die Menschensprachen gelernt«, sagt er für sich, »aber die Menschen verstehen die Hundesprache immer noch nicht.«

Die Kette der Schlange

Das kleine Land am Meer, in dem unsere Geschichte spielt, war ein vom Glück gesegnetes Land: Auf dem fruchtbaren Boden wuchsen schöne Bäume, welche die Bewohner im Frühling mit ihrer weißen Blütenpracht verzauberten und im Sommer mit schmackhaften Früchten erfreuten. Das ruhige Meer bildete einen natürlichen Hafen, in dem viele Schiffe ankerten und kostbare Güter aus aller Herren Länder an Land brachten. Die Sonne schien fast das ganze Jahr, und viele Besucher gingen an den Strand, um zu baden und sich zu erholen.

Nur ein Kummer bedrückte die Bewohner des Landes: Ihr König und ihre Königin warteten vergebens auf ein Kind. Man ließ die berühmtesten Ärzte kommen und opferte den Göttern viele Schalen Reis; aber ohne Erfolg. Die Königin wurde sehr traurig und zeigte sich nicht mehr gerne unter den Leuten.

Da! – Nach sechs Jahren verkündete der König die frohe Botschaft: Eine Prinzessin ist geboren. Das ganze Land feierte das Ereignis mit Festen und Feuerwerk.

Das Familienglück der Königsfamilie währte jedoch leider nicht lange. Noch im selben Jahr trat der König wieder vor seine Untertanen; diesmal mit langsamen Schritten und trauriger Stimme: Die Königin war gestorben.

Die Minister rieten dem König, bald wieder zu heiraten, um seiner kleinen Tochter eine neue Mutter zu geben. Aber der König hatte seine schöne Königin sehr geliebt und konnte sich nicht vorstellen, eine andere Frau an seiner Seite zu haben. So ließ er eine Amme für die Prinzessin suchen und sparte auch nicht an berühmten Lehrern für sein Kind.

Die Prinzessin war gesund und begabt, und der Ruf ihrer

hohen Bildung und ihres freundlichen Wesens verbreitete sich bald im ganzen Land und wurde von den fremden Besuchern weit über das Meer getragen.

Etwas allerdings getraute sich niemand auszusprechen: Die Prinzessin war sehr hässlich. Nur wenn sie redete, vergaß man ihre Hässlichkeit.
    Ihr Vater, der König, hätte auch lieber eine hübsche Tochter gehabt, so hübsch wie seine verstorbene Königin gewesen war. Aber wenn die kleine Prinzessin auf seinen Schoß kletterte, dann schloss ihre warme, fröhliche Stimme sein Herz auf, und wenn sie miteinander lachten, waren alle Sorgen wie weggewischt. Der König liebte seine Tochter, und alle anderen Menschen, die der Prinzessin begegneten, liebten sie auch.

Zu ihrem dreizehnten Geburtstag wollte der König der Prinzessin ein schönes Geschenk überreichen. Er ließ seinen Schatzmeister kommen und beauftragte ihn, das kostbarste Spielzeug zu finden, das in der Welt zu haben war.
    Nach einer langen Reise kam der Schatzmeister zurück und baute ein wahres Wunderwerk vor dem König auf. Es war eine Sanduhr mit goldenem Sand. Zwei wunderhübsche Puppen, die eine mit schwarzen Haaren und dunkler Haut, die andere hellhäutig und blond, ließen den Sand aus ihrer rechten Hand in die linke Hand der anderen Puppe gleiten, und nach einer leichten Drehung ihres schlanken Körpers floss der Sand wieder in die rechte Hand zurück. Dieser Vorgang wurde von der zierlichen Musik einer Spieldose begleitet.
    Die Prinzessin freute sich sehr über das Geschenk und konnte nicht genug bekommen von den zarten Klängen der Musik, dem Glitzern des goldenen Sandes und den feinen Bewegungen der Puppen.

Eines Tages sagte die Prinzessin:
»Die Puppen sind hübsch.«
Die Amme erschrak, als die Prinzessin das Wort »hübsch« aussprach. Allen war es streng verboten worden, dieses Wort in Gegenwart der Prinzessin zu gebrauchen. Woher kannte sie das Wort? Vielleicht hatte der Schatzmeister übersehen, dass es in der Gebrauchsanweisung für die Sanduhr verwendet wurde. Das Unglück war geschehen und die schlimmen Folgen blieben nicht aus.
»Die Puppen sind hübsch«, sagte die Prinzessin, »und ich bin hässlich.«

Sie schaute jetzt oft in den Spiegel und man hörte sie mit sich selbst sprechen:
»Die hübschen Dinge sind kostbar, die hässlichen wertlos.
Die hübschen Hunde nimmt man auf den Schoß, die hässlichen legt man an die Kette.
Den hübschen Menschen wird vieles geschenkt, die hässlichen müssen sich alles erarbeiten.«
Je mehr solcher Sätze sie erfand und je öfter sie sie wiederholte, umso trauriger wurde sie. Niemand sah sie mehr lachen. Sie schloss sich in ihr Zimmer ein und redete kaum noch ein Wort. Alle Bewohner des Landes hatten Mitleid mit ihrer Prinzessin. Sie hätten sie so gerne aufgeheitert. Aber sie wussten nicht, wie sie das machen sollten, und so wurden sie selber traurig.

Als die Prinzessin einmal im Schlosspark spazieren ging, sah sie plötzlich neben dem Teich eine weiße Schlange, die unter zwei Steinen eingeklemmt war.
»Bitte befreie mich«, sagte die Schlange.
»Du bist nicht hübsch«, antwortete die Prinzessin, »und hässliche Tiere und hässliche Menschen müssen sich selber helfen.«

Die Schlange war erschrocken über die bösen Worte der Prinzessin.

»Wer hat dich gelehrt, so zu denken?«, fragte die Schlange.

»Niemand«, sagte die Prinzessin, »ich habe es selber herausgefunden.«

Eine Zeit lang schwiegen sie beide. Dann sagte die Schlange:

»Wenn du mich befreist, schenke ich dir eine Kette. Leg sie um den Hals und schau in den Spiegel, und du wirst sehen, wie hübsch du bist; aber denke immer daran, gut zu dir und gut zu allen Lebewesen zu sein.«

Die Prinzessin überlegte nicht lange. Sie befreite die Schlange, erhielt die Kette, legte sie um den Hals und rannte ins Schloss zurück. Sie stellte sich vor den großen goldgerahmten Spiegel im Entrée. Und wirklich: Eine hübsche Prinzessin schaute ihr aus dem Spiegel entgegen. Fröhlich tanzte sie durch das ganze Schloss.

Der König war glücklich, dass die Prinzessin ihre Lebensfreude wieder gefunden hatte, und mit ihm freute sich das ganze Land.

Ein schöner junger Prinz aus einem Land jenseits des Meeres hörte, wie begeistert die Untertanen von ihrer Prinzessin sprachen. Er war neugierig, sie kennen zu lernen, und so machte er sich auf den Weg über das Meer.

Unterwegs wurde sein Schiff von Piraten überfallen, und nur knapp entkam der Prinz dem Tod. Sein schönes Gesicht war geschwollen von den Schlägen der Piraten und seine prächtigen Kleider hingen zerrissen und schmutzig von seinem Körper.

Die Prinzessin wollte den Prinzen zuerst gar nicht ins Haus lassen, so hässlich wie er aussah; aber dann erinnerte sie sich an den Satz der Schlange: »Sei gut zu allen Menschen!«, und so nahm sie ihn freundlich auf und pflegte seine Wunden.

Schon bald war der Prinz geheilt und sein Gesicht erhielt die alte Schönheit zurück. Die Prinzessin verliebte sich in ihn und auch der Prinz nannte die Prinzessin ›meine liebe Braut‹.

Schon bald sollte die Hochzeit stattfinden. Aber oh weh! Plötzlich löste sich die Kette der Schlange vom Hals der Prinzessin, fiel zu Boden und zerbrach. Die Prinzessin wurde sehr traurig und weinte: »Warum muss mir dieses Unglück geschehen? Jetzt bin ich nicht mehr hübsch und der schöne Prinz wird mich verlassen.«
Sie lief in den Garten zu der weißen Schlange.

Die weiße Schlange lag vor den beiden Steinen am Teich.
»Ich habe dich erwartet«, sagte die Schlange, als die Prinzessin an den Teich herantrat.
»Meine Kette ist zerbrochen«, rief die Prinzessin, »bitte gib mir eine neue!«
»Das ist nicht möglich«, sagte die Schlange. »Die Kette war die einzige in ihrer Art.«
Nach einer Pause fügte die Schlange hinzu:
»Du hast die Kette auch nicht mehr nötig.«
»Doch«, rief die Prinzessin verzweifelt. »Niemand wird mich mehr lieben, wenn ich nicht mehr hübsch bin!«
»Schau«, erklärte die Schlange, »die Kette war eine Wunderkette. Als du sie um den Hals trugst, konntest du dich im Spiegel genau so sehen, wie du dich sehen wolltest.«
»War ich also niemals hübsch?«, unterbrach die Prinzessin,
»war ich auch in der Zeit, als ich die Kette trug, immer hässlich?«
»Dank der Kette sahst du dein hübsches Wunschbild im Spiegel. Wenn du es anschautest, warst du fröhlich und zufrieden. Deine Fröhlichkeit machte dich schön. Jetzt brauchst du dieses Wunschbild nicht mehr, denn du hast deine schöne Seele

gefunden. Folge deinem Herzen und – denk daran! – sei zu dir selbst und allen Lebewesen gut!«

Mit diesen Worten verschwand die Schlange unter den Steinen.

Die Prinzessin lief durch die Wiese in den Ballsaal zurück.

Der Schnee war geschmolzen und in der Wiese blühten die Krokusse und die Schneeglöckchen und die Märzenbecher. Die Prinzessin passte sehr gut auf, dass sie keine Blüte zertrat. Wie schön sie war, als sie so vorsichtig, auf Zehenspitzen, zu ihrem Prinzen zurückging!

Der Prinz sah ihr lächelnd entgegen.

Die Prinzessin liebte ihren Prinzen sehr und sie sagte:

»Lieber Prinz, nimmst du mich wirklich zur Frau, auch wenn ich nicht so hübsch bin wie die Puppen an meiner Sanduhr?«

Der Prinz sagte: »Ohne dein fröhliches Herz und deine gütige Seele werde ich nie mehr leben können. Ich liebe dich so sehr, meine schöne Königin. Bitte komm und heirate mich!« Und der Prinz und die Prinzessin nahmen sich bei den Händen und wurden ein glückliches Paar.

Ob die Geschichte wohl so endet, wie alle Märchen enden: ›Und wenn sie nicht gestorben sind, dann leben sie noch heute?‹

Schön wäre es ja, wenn der Prinz und die Prinzessin noch lebten! Man erzählt sich nämlich von ihnen, sie seien immer so fröhlich gewesen, dass sie auch die traurigsten Menschen zum Lachen bringen konnten. Und ein bisschen traurig bin ich ja manchmal auch. Ihr etwa nicht?

Die Botschaft des silbernen Vogels

Vor fast zweitausend Jahren lebte in einer großen Stadt im Süden Europas ein König, der wegen seiner Menschlichkeit und seiner Klugheit berühmt war. Die Geschichtsbücher des Landes sparen nicht mit Lob über ihn und seine Regierungszeit. Da heißt es zum Beispiel: »Unser Land ist fruchtbar und besitzt viele Bodenschätze. Bei dieser Lage der Dinge ist es nicht zu verwundern, dass es manchmal kriegerische Auseinandersetzungen gibt. Die Nachbarn, die uns unsern Reichtum nicht gönnen, fallen nämlich immer wieder in unser Land ein, um sich Stücke davon anzueignen. Unserem König steht aber der Glücksgott zur Seite. Es gelingt ihm jedes Mal, die Angreifer zurückzuschlagen, und das Land blüht in ständig wachsendem Reichtum. Die Untertanen können sich ihr Häuschen bauen und der König lässt Schulen, Spitäler, Museen und andere öffentliche Gebäude errichten. Was die Leute besonders gefreut hat, war die Erbauung des Theaters, in dem sie, ohne Eintritt zu bezahlen, viele Arten von Vorstellungen besuchen können: Dramen, Komödien, Wagenrennen und Zirkusvorführungen mit seltsamen fremden Tieren.«

Auch der König selbst war mit seinem Land und seiner Regierung zufrieden.

Im Stillen plagte ihn aber ein schwerer Kummer. Seine Frau und seine einzige Tochter lebten nicht so, wie es seinen menschenfreundlichen Vorstellungen entsprach. Die Verbindung mit seiner Königin war eine Liebesheirat gewesen. Leider hatte er sich von ihrer Schönheit blenden lassen und nicht auf ihren Charakter geachtet. Schon bald musste er feststellen, dass die Königin eitel, machtbesessen und genusssüchtig war. Sie hatte ein hartes Herz und brachte kein Verständnis für die Untertanen auf.

Eines Tages ließ ihre junge Kammerzofe eine neue, kostbare Kette fallen, und einige Perlen zerbrachen. Die Königin wurde zornig, sie zerrte die Zofe ins Nebenzimmer, ließ einen Soldaten ihrer Leibwache kommen und befahl ihm, das Mädchen auszupeitschen. Nun war dieser junge Soldat aber zufällig der Verlobte der Zofe. Er brachte es natürlich nicht übers Herz, die zarte Haut seiner geliebten Braut zu verletzen und ihr Schmerzen zuzufügen, und so tat er nur, als schlüge er zu, und das Mädchen schrie nur so, als ob es getroffen würde. Die Königin, die an die Tür getreten war, um der Bestrafung zuzusehen, bemerkte, dass ihr Befehl nicht ausgeführt wurde. Sie tobte vor Wut. Sie riss dem Wachsoldaten die Epauletten, die Ehrenzeichen seines Standes, von der Uniform und schickte ihn in die untersten Räume des Palastes, wo die Ehrlosen, das fahrende Volk der Zirkusleute, sich aufhielten. Dort könne er sich eine neue Beschäftigung suchen, schrie sie. Die Zofe versetzte sie zu der Abteilung des Küchenpersonals, das die niedrigsten Dienste im Palast besorgte.

Die Prinzessin hatte der Mutter leider ihr liebloses Verhalten abgeschaut.
Nur war sie weniger schön als die Mutter. Sie zeigte sich gern in männlicher Kleidung und liebte es, in voller Rüstung an Turnieren teilzunehmen. Auch sie behandelte die Untertanen wie wertlose Gegenstände. Und sie entwickelte zudem noch einen speziellen Hang zur Grausamkeit.
Das zeigte sich am Geburtstag des Königs. Das Fest fand im Theater statt. Während alle Leute sich an den Späßen der Clowns und den mutigen Sprüngen der Zirkusakrobaten erfreuten und der König sich zufrieden in seinem Thronsessel

zurücklehnte, trat die Prinzessin zu ihm und sagte, sie habe noch eine besondere Attraktion für den Geburtstag ihres lieben Herrn Vaters vorbereitet.

Sie ließ einen lauten Pfiff auf einer Trillerpfeife hören, und sofort erschienen acht Soldaten der Armee, die zwei Käfige in das Theater trugen und auf der Bühne abstellten. In einem Käfig stand ein großer, starker Mann, ein Soldat der geschlagenen feindlichen Armee, und im anderen brüllte ein mächtiger Tiger. Die Prinzessin sagte: »Vater, jetzt kannst du sehen, wie der tapferste Feind gegen das stärkste Tier einen Kampf auf Leben und Tod führt.« Die Prinzessin warf einen triumphierenden Blick in die Runde. Dem König krampfte sich das Herz zusammen. Er war zutiefst getroffen von der Brutalität seiner Tochter. Auch in den Zuschauerreihen herrschte erschrockenes Schweigen. Die Beklemmung dauerte aber nicht lange. Kaum hatte die Prinzessin mit einem erneuten Pfiff den Befehl gegeben, die Käfige zu öffnen, und der Tiger stürzte sich auf den waffenlosen Soldaten, da verwandelte sich das vorher so fröhliche Volk in eine Meute von blutrünstigen Barbaren. Der Mann kämpfte mit bloßen Händen. Einen Moment konnte er sich aufrecht halten, dann stürzte er zu Boden und der Tiger sprang ihn an. »Aufhören!«, rief der König mit majestätischer Stimme. »Sofort aufhören!« Die Soldaten drängten den Tiger in den Käfig zurück. Dann trugen sie den aus vielen Wunden blutenden Mann von der Bühne.

Mit erstarrter Miene verließ der König seinen Platz. Das Fest hatte ein abruptes Ende gefunden.

Als es dunkel geworden war und auch keine Kerze im Schloss mehr brannte, ging der König auf die Terrasse. Der Vollmond tauchte das Schloss in ein geisterhaftes Licht. Die Nachtkerzen hatten ihre Blüten geöffnet und luden die Nachtschwärmer ein, ihren Nektar zu trinken. Der König sagte leise vor sich hin: »Wenn ihr existiert, gute Geister des Himmels, warum helft ihr mir nicht? Ich habe alles versucht, um meine Frau und meine Tochter zu weicheren und liebevolleren Menschen zu machen. Ohne den geringsten Erfolg. Ihre Härte nahm sogar immer grausamere Formen an. In meinen Kriegen habe ich jedes Mal gesiegt, in meiner Familie bin ich ein hoffnungsloser Verlierer.«

Auf einmal tauchte ein Vogel im Licht des Mondes auf. Er sah aus wie ein Rabe, aber als er näher kam, erkannte der König, dass er silberne Federn hatte. Ein silberner Rabe! Seltsam! Und dann begann der Vogel zu sprechen: »Ich bin der Bote der Mondgöttin. Sie nimmt großen Anteil an deinem Schicksal und sie weiß, dass du das Beste für dein Volk und deine Familie erreichen willst. Die Göttin hat mir den Auftrag gegeben, dir Mut zu machen und dir zu sagen, dass deine Sorgen bald ein Ende finden werden. Aber du solltest wissen, dass ein harter Weg der Prüfungen bewältigt werden muss; denn es ist für die Menschen nicht leicht, ihre Lebensaufgabe zu erkennen und dem Gelernten gemäß zu handeln.«

Der Vogel trug im Schnabel ein silbernes Korn. Das legte er dem König vor die Füße und sagte:
»Pflanze dieses Korn heute Nacht in deinen Garten, solange der Mond noch am Himmel steht. Morgen früh wird ein Apfelbaum daraus gewachsen sein, der sechs köstliche Äpfel trägt. Pflücke drei davon. Die anderen drei müssen unbedingt – das teile deinen Dienern mit – am Baum verbleiben. Sorge dafür, dass am Abend von den gepflückten Äpfeln je einer von der Königin und der Prinzessin gegessen wird. Den dritten isst du selber. Die Erfahrungen, die ihr nach dem Genuss des Apfels macht, werden euch helfen, euer Leben neu zu sehen.« Mit diesen Worten erhob sich der Vogel von der Brüstung der Terrasse und verschwand.

Am nächsten Morgen wollte die neue Zofe der Königin beim Ankleiden helfen. Sie klopfte höflich an die Tür und trat ins Zimmer. Keine Königin war zu sehen; aber in ihrem Bett schlief ein Affe. Entsetzt wich die Zofe zurück und stieß mit dem Kammerdiener des Königs zusammen, der einen weißen Araberhengst am Zügel führte.

»Wo ist der König?«, rief der Kammerdiener, »der König ist nicht in seinem Zimmer! Nur dieses Pferd stand an seinem Waschtisch und trank die Wasserkaraffe leer.«

»Im Bett der Königin«, stotterte die Zofe, »schläft ein Affe.«

Und während die beiden noch perplex im Gang der königlichen Suite standen, kam die Zofe der Prinzessin mit bleichem Gesicht aus dem Zimmer gestürzt und schrie: »Im Zimmer der Prinzessin ist eine Löwin!«

»Und die Prinzessin?«

»Ich habe sie nicht gesehen.«

Man verriegelte die Türen der königlichen Gemächer, der Kammerdiener mit dem Pferd posierte als Wache und die Zofen rannten in die Verwaltungsgebäude, um den Innenminister zu informieren. Der entschied, die Tiere an den ihnen gemäßen Ort zu bringen: den Affen ins Affenhaus, die Löwin ins Löwengehege und das Pferd in den Stall. Dann befahl er den Wachsoldaten, im ganzen Palast nach der königlichen Familie zu suchen. Auch die Stadt und die umliegenden Dörfer, die Hügellandschaft und der große Wald wurden durchforstet; aber keine Spur vom König und seiner Familie ließ sich finden!

Der Innenminister verbot bei Todesstrafe, etwas vom Verschwinden der Königsfamilie verlauten zu lassen, weil er fürchtete, die Feinde würden die führerlose Situation des Landes ausnutzen und einen neuen Überfall versuchen. Auch von den Tieren, die in den königlichen Gemächern gefunden worden waren und deren Herkunft der Innenminister sich nicht erklären konnte, durfte nichts ruchbar werden, damit jede Verunsicherung im Staat vermieden würde.

Der Araberhengst wurde in einen Stall geführt, in dem vor allem Ackergäule standen, die schwere Arbeit auf dem Feld zu leisten hatten. Der Stallknecht wunderte sich über den Neuen. Noch nie hatte er ein so edles Pferd im Stall gehabt. Wie es mit den straffen Muskeln spielte und den Kopf leise wiehernd zurückwarf! Dieser wunderschöne weiße Hengst war sicher ein Springpferd oder ein Dressurpferd, mindestens ein edles Reitpferd. Da er ihm aber als Arbeitspferd übergeben worden war, spannte er ihn ebenfalls ins Geschirr eines Fuhrwerks.

Der Dienst war schwer für den Hengst. Er schien die körperliche Arbeit nicht gewohnt zu sein, und ein paar Mal wäre er beinahe zusammengebrochen; aber er hielt tapfer durch bis zum Abend. Wie gut ihm da Heu und Wasser schmeckten!

Eines Tages kam der Außenminister in den Stall. Er habe etwas von einem neuen Pferd gehört, sagte er zum Stallknecht, er wolle es sehen. Er brauche ein neues Reitpferd. Der weiße Araberhengst käme ihm gerade recht. Das passte dem Stallknecht nicht. Er hatte das edle, geduldige Tier lieb gewonnen und wollte es nicht hergeben, vor allem nicht an den Außenminister, der den Ruf hatte, ein Schindertyp zu sein. Aber gegen einen so mächtigen Mann konnte er nichts ausrichten. Er musste das Pferd ziehen lassen.

Der Außenminister war tatsächlich mit seinen Tritten und Peitschenhieben nicht sparsam. Das Pferd ertrug alles. Bei den Ausritten begegnete es den Ärmsten des Reiches: den Menschen in den Steinbrüchen zum Beispiel, die den wunderschönen Marmor gewannen, mit dem der König seine Bauten verzierte; oder den Perlenfischern, deren in schweren Tauchgängen aus dem Meer geholte Perlen auf der Krone des Königs glitzerten; oder den Bauern und Fischern mit ihren von der glühenden Sonne gegerbten Gesichtern.

»Der König sollte sein Reich einmal besuchen, um mit eigenen Augen zu sehen, was für ein hartes Leben seine Untertanen führen müssen«, hörte das Pferd die Leute sagen. Es senkte den Kopf ganz tief und warf ihn dann leidenschaftlich in die Höhe, und es wieherte laut. Der Außenminister glaubte, sein Pferd hätte eine Fliege verschluckt, weil es so komische Geräusche von sich gab. »Ruhig!«, schrie er. Die Nerven gingen wieder einmal mit ihm durch. Er war in diese trostlose Gegend gekommen, um knallharte Politik zu betreiben. Worin die bestand, sollte sich bald zeigen. Das Pferd spürte, wie die Sporen besonders hart in seine Weichen gerammt und die Zügel straff gezogen wurden.

Der Reiter lenkte sein Tier durch eine wilde Hügellandschaft an die nördliche Grenze des Reiches.

Dort wartete auf einem Rappen der Prinz des feindlichen Nachbarlandes. Der Außenminister kam sofort zur Sache. Er schlug dem Prinzen einen schmachvollen Handel vor: »Du erhältst unser halbes Königreich, unter der Bedingung, dass ich König der anderen Hälfte werde.«

Der Prinz wollte nicht so recht. »Ich habe schon so viele Versuche gewagt, in euer Land einzudringen«, sagte er, »aber der König hat mich jedes Mal zurückgeschlagen. Ich kann es mir nicht leisten, noch einmal einen Kampf gegen ihn zu verlieren.« Da sah der Außenminister seine Chance gekomen. Er verriet dem Prinzen das Verschwinden der Königsfamilie.

»Die Armee ist ohne ihren Feldherrn kopflos. Du wirst keinen Widerstand finden«, sagte er.

»Gut«, antwortete der Prinz, »in diesem Fall will ich es wagen. Ich werde in der Nacht der Sommersonnenwende über den Hügelzug da drüben einmarschieren. Ich verlasse mich darauf, dass kein Soldat uns entgegentritt.«

Die beiden Männer besiegelten ihren Vertrag noch durch Handschlag und verabschiedeten sich. Sie wendeten ihre Pferde und ritten in ihre Hauptstädte zurück.

Der Minister des Königs schien mit dem Erreichten zufrieden zu sein, denn unterwegs sang er, dass es von den Bergen widerhallte: »Ich werde König sein! König, König, König über ein ganzes Land!«

»Wenn schon, dann nur über ein halbes«, wieherte das Pferd und schüttelte die Mähne. Es schämte sich. Vor Trauer und Zorn wollte es seinen Reiter abwerfen. Aber was hätte das gebracht!? Eigentlich war ja auch der König schuld an der jetzigen Misere. Schließlich hatte er diesem Verräter eine solche Machtposition eingeräumt. Auch wenn der Außenminister sein Verwandter war, hätte der König seine Fähigkeiten und seinen Charakter prüfen müssen.

Angespannt und unruhig sprang der Hengst in den Stall zurück. Der Stallknecht sah, dass mit dem Pferd etwas nicht stimmte. »Bist du wieder geplagt worden, du armes Tier?«, fragte er. Der Hengst sah ihn aus flackernden Augen an. So hatte der Stallknecht ihn noch nie erlebt. Es musste etwas Schlimmes passiert sein. Wie konnte er ihn beruhigen? Er führte ihn ein wenig im königlichen Garten spazieren. Dabei kamen sie auch an dem seltsamen Apfelbaum mit den drei verbotenen Äpfeln vorbei. Er wusste selber nicht, warum er auf die Idee kam, einen der Äpfel zu pflücken. Er streichelte das Pferd und flüsterte: »Mund auf und Augen zu«, so wie seine Mutter es früher, als er noch ein Kind war, zu ihm gesagt hatte, wenn sie ihm etwas Gutes zusteckte. Und er gab dem Pferd den Apfel zu fressen.

Der Stallknecht erschrak ganz furchtbar, als plötzlich der König neben ihm stand. »Verzeihen Sie, Majestät«, sagte er schuldbewusst, dass ich einen Apfel von Ihrem Baum gestohlen habe. Ich wollte nur …« Der König lachte und klopfte dem Stallknecht auf die Schulter. »Du hast ein gutes Herz und eine große Liebe zu den Tieren.« – Wo war überhaupt das Pferd? – »Ich werde dich dafür auszeichnen und dich königlich belohnen; aber jetzt muss ich zuerst meine Truppen sammeln. Unser Nachbar wagt schon wieder einen Überfall.«

Während der König in den Palast eilte, sagte er für sich: »Dieser einfache Mensch muss einen speziellen Draht zur Mondgöttin haben! Oder ist der silberne Rabe wieder erschienen und hat ihm den Auftrag gegeben, mich mit Hilfe des Apfels aus dem Körper des Pferdes in die Gestalt des Königs zurückzuholen?«

Er ließ den Heeresminister kommen und unterrichtete ihn von dem bevorstehenden militärischen Einsatz.

»Gut, dass ich einmal ein Pferd war«, dachte der König, «und so erfahren habe, zu welcher Zeit und in welcher Gegend der Feind einzubrechen gedenkt!«

Laut sagte er: »Die Strategie ist ein Kinderspiel«, und er erläuterte dem Heeresminister seinen Verteidigungsplan.

Der König konnte den Feind aus dem Land jagen, ohne einen einzigen Mann zu verlieren.

An den Siegesfeiern zeigte der König sich nur kurz. Er machte sich Sorgen um die Königin und die Prinzessin, die immer noch vermisst wurden. Als es dunkel geworden war und auch die Lichter auf dem Marktplatz allmählich erloschen, setzte er sich auf die mondhelle Terrasse, stützte den Kopf in beide Hände und versuchte sich klar darüber zu werden, worin die Botschaft der Mondgöttin bestand und welche Lehren er daraus zu ziehen habe.

Der Vogel hatte von einem schweren Weg der Prüfungen gesprochen, der zu neuen Erkenntnissen führen würde. Wahrscheinlich war er in das Reitpferd des Außenministers verwandelt worden, um den steinigen Lebensweg seiner Untertanen kennen zu lernen und zu verstehen, dass ein König sich nicht in seinen Thronsessel zurücklehnen und korrupte Minister für sich regieren lassen darf.

Es wurde ihm auch zur Gewissheit, dass seine Frau und seine Tochter in der Gestalt eines Tieres dabei waren, die für sie wesentlichen Erfahrungen zu machen.

Tatsächlich war die Königin in den Affen verwandelt worden, den man am Morgen in ihrem Bett gefunden hatte. Während der König seinen siegreichen Krieg führte, befand sich die Königin immer noch in dem furchtbar stinkenden, feuchten, dunklen Affenkäfig, in den der Innenminister sie am Morgen nach der Verwandlung hatte bringen lassen. Welche Tortur für diese verwöhnte Dame! Die Affen erhielten nur das Nötigste, das sie zum Leben brauchten: ein paar Nüsse, ein paar Karotten und einige überreife Bananen, die sonst niemand mehr haben wollte. Dafür mussten sie für eine Zirkusnummer trainieren.

Zu ihrem Schrecken hatte die Königin erkennen müssen, dass der Chef des Affenhauses jener Soldat war, den sie einmal so unbarmherzig degradiert hatte. Er kennt mich sicher, dachte sie, und rief seinen Namen; aber aus ihrem Mund kamen keine menschlichen Laute.

Auf einmal erschien ihre ehemalige Zofe, die sie durch den Soldaten hatte auspeitschen lassen wollen und dann in die Küche versetzt hatte. Die Zofe brachte Küchenabfälle für die Tiergehege.

Auch den Namen der Zofe rief der Königin-Affe. Aber wieder ertönte nur hysterisches Affengeschrei, sodass der Zwerg, der gerade am Hochseil für seine neue Zirkusnummer trainierte, ganz verärgert hervorstieß: »Sei ruhig, Affe! Du störst mich bei meiner Arbeit!« Das musste die Königin sich von einem Fahrenden bieten lassen!

Die Zofe hatte gerade Mittagspause und konnte sich ein wenig Zeit nehmen, um mit ihrem Verlobten zu plaudern. Erst jetzt sah die Königin, wie hübsch das Mädchen war. Sie trug ihre langen hellblonden Haare zu einem Zopf geflochten, und aus ihren blauen Augen strahlte sie den Soldaten fröhlich an. Auf einmal zog sie aus dem Täschchen, das sie am Gürtel trug, die Kette der Königin hervor und sagte: »Endlich habe ich einen Goldschmied gefunden, der die kaputte Kette reparieren kann; aber die Reparatur ist sehr teuer. Ich muss all mein Geld dafür ausgeben, das ich für unsere Hochzeit gespart habe.«

Der Verlobte sagte, mit Nachdruck in der Stimme: »Sie wollte dich auspeitschen lassen!« Und nach einer Weile des Nachdenkens: »Die Königin hat noch viele Ketten. Warum willst du solch ein großes Opfer bringen? Ihr steinernes Herz wirst du damit nicht erweichen.«

»Aber sie hat uns auch einmal Gutes getan. Als meine Mutter so krank war, durften wir einen ihrer Ärzte besuchen.«

»Einmal!«, spottete der Verlobte. »Einmal ist keinmal!«

»Doch«, sagte die Zofe, »Weil sie einmal gut zu mir war, habe ich verstanden, dass ich sie rühren kann. Ich muss nur den rechten Weg zu ihrem Herzen finden.«

»Zu ihrem reichlich verschütteten Herzen!«, sagte der Soldat mit schmalen Lippen.

Die Königin in ihrem Käfig sagte beschämt zu sich selbst: »Einmal war ich gut gelaunt. Einmal! Und das Mädchen war immer hilfsbereit und freundlich!«

Die Königin war so sehr mit Nachdenken beschäftigt, dass sie den Schmutz etwas weniger spürte. »Sie würde mich sicher aus dem Käfig herausholen, wenn sie wüsste, dass ich die

Königin bin!«, sagte sie vor sich hin. Ich muss mich irgendwie zu erkennen geben.« Sie versuchte es mit einem Trick. Sie streckte ihren langen Affenarm durch das Gitter, nahm der Zofe die Kette weg und setzte sie sich mit einer eleganten Geste wie eine Krone auf den Kopf. Dann posierte sie genauso, wie sie als Königin posiert hatte.

Aber das ganze Manöver sah nur lächerlich aus. Der Soldat wollte dem Affen die Kette wegnehmen, und als der Affe sich sträubte, zog er ihm einen Schlag mit der Peitsche über den Rücken. Es war nur ein Schlag; aber der schmerzte. Die Zofe versuchte den wimmernden Affen zu trösten: »Es tut mir leid, dass mein Verlobter dich geschlagen hat; aber du musst bitte verstehen, das hier ist eine sehr kostbare Kette. Wenn sie noch mehr kaputtgeht, muss ich mein ganzes Leben dafür arbeiten, um sie reparieren zu lassen. Tut es sehr weh? Ach du armer Affe!«, sagte sie und strich dem Affen sanft über den Kopf.

Als die Königin das liebevolle Verhalten ihrer ehemaligen Zofe sah, wurde ihr bewusst, wie lieblos sie selber immer gewesen war.

Jeden Mittag schaute sie jetzt zur Tür und freute sich auf das freundliche Mädchen. Und tatsächlich, nie musste sie vergeblich warten. Das Mädchen kam und sprach ein paar liebe Worte mit dem Affen, der die Königin jetzt war.

Aus den Gesprächen der Verlobten erfuhr sie die neuesten Nachrichten aus dem Königspalast, zum Beispiel dass der König zurückgekommen und eine neue Schlacht gewonnen hatte. Wie stolz sie auf ihn war! Sie bemerkte, dass sie sich danach sehnte, den König zu umarmen und ihm in die Augen zu blicken.

Eines Tages ließ der König alle Affen im Gitterkäfig in die Empfangshalle des Schlosses bringen. Er hatte von der Kammerzofe der Königin erfahren, dass ein Affe im königlichen Bett gefunden worden war. Er nahm also an, dass die Königin im Körper dieses Affen steckte. Nun hatte sich leider keiner der Diener gemerkt, welcher der vielen Affen es gewesen war, den man aus dem Zimmer der Königin geholt hatte. Um den »königlichen Affen« zu identifizieren, wandte der König eine List an. Er ließ in einem Teil des Raumes alles aufbauen, was Affen als Speise mögen, wie Nüsse, Bananen und süße Früchte. Im anderen Teil des Raumes breitete er selbst Erinnerungsstücke der Königin aus: ihre Lieblingsschuhe, ihr Diadem und ihr Brautkleid.

Dann wurde der Käfig geöffnet. Die Tiere stürzten sich auf die Früchte. Nur ein Affe ging auf die Utensilien der Königin zu. Das musste sie sein! Der König näherte sich ihr, um ihr den Apfel zu reichen, mit dem er sie zurückverwandeln konnte. Die Königin schämte sich aber, von ihm als verlauster Affe erkannt zu werden, und wollte weglaufen; doch der König ergriff die krallige Affenhand und sagte herzlich: »Endlich kann ich dich erlösen, meine liebe Frau!« Da biss sie vertrauensvoll in den Apfel und stand sofort wieder als Königin neben ihm. Fröhlich gingen sie in die königlichen Gemächer.

Der Außenminister hatte die wunderbare Verwandlung der Königin vom Garten aus durch das Fenster beobachtet. »In dem Apfel muss eine Wunderkraft stecken!«, sagte er sich. Er nahm die Reste, steckte sie in die Tasche und ging wieder in den Garten zurück. Auf dem Weg überlegte er sich: »Wenn ich den Apfel fertig esse, werde ich so stark werden, dass ich den König vom Thron jagen kann.« Und er aß. Aber kaum hatte er den letzten Bissen vertilgt, verwandelte er sich in eine dicke schwarze Spinne, die lamentierend über den Weg kroch und ihre Fäden spann. Plötzlich stieß der silberne Vogel vom Himmel und fraß die Spinne.

Der König hatte dem Außenminister noch einmal eine Chance geben wollen, aber er fand ihn nirgends. Er wird zum

Feind übergelaufen sein, dachte er. Nun ja, er hat sein Schicksal gewählt. Es ist sicher gut so.

Im Schloss herrschte große Unruhe. Der König sah mit Verwunderung, welche Sorgen die Königin sich um die Prinzessin machte. Bis jetzt hatte sie noch nie irgendeinen Gedanken an die Probleme eines anderen Menschen verloren. Ihr eigenes Kind war ihr auch nie wichtig gewesen.

»Wo ist unser Kind?«, fragte sie weinend alle ihre Diener.

»Die Prinzessin ist verschwunden!« – Wie wenn das nicht längst im Schloss bekannt gewesen wäre! – »Bitte helft uns, sie wiederzufinden!« Auch dieser Ton war neu. Bitten waren aus dem Mund der Königin bisher noch nicht zu vernehmen gewesen.

Der König sagte, auch er mache sich Sorgen. Die Prinzessin sei ganz sicher wie sie beide in ein Tier verwandelt worden, wahrscheinlich in eine Löwin, denn man habe in ihrem Zimmer eine junge Löwin gefunden.

»Wo ist die Löwin?«, sagte die Königin ganz aufgeregt, wir müssen ihr den wunderbaren Apfel geben und sie wieder zum Menschen machen.«

»Da gibt es leider ein Problem«, sagte der König, »die Löwin ist aus dem Löwenkäfig, in den man sie gebracht hat, gestohlen worden. Ich habe die besten Detektive unseres Landes ausgeschickt, um sie zu suchen. Bisher ohne Erfolg. Stattdessen erhielt ich eine schlimme Nachricht. Hast du Kraft, sie zu hören?«

Die Königin nickte stumm, und so fuhr der König fort:

»Unsere Tochter hat in einem Privatpark der südlichen Vorstadt ein steinernes Amphitheater bauen lassen, in dem sie mit ihren sogenannten Freunden jede Woche einen Kampf zwischen Menschen und wilden Tieren organisiert hat. Erinnerst du dich an die beschämende Einlage während meiner Geburtstagsfeier?«

Der König wurde sehr traurig. »Mein Kind ist selbst eine Bestie«, dachte er, aber er sprach diesen Gedanken nicht aus.

Auch die Königin schämte sich für ihre Tochter, und auch sie zeigte ihre Scham nicht. Stattdessen ließ sie ihre detektivischen Fähigkeiten zum Zug kommen. Sie sagte: »Ich glaube, die Löwin wurde von den Betreibern dieses Amphitheaters gestohlen. Sie werden ja immer wieder neue Wildtiere brauchen, um ihre Kampfveranstaltungen durchführen zu können.«

Es war genauso, wie die Königin vermutete. Bei einer Befragung der Tierbändiger erfuhr sie Folgendes: Die Bediensteten des Schlosses hatten die junge Löwin zu einem großen männlichen Löwen in den Käfig gesetzt. Die Wärter waren nicht besonders interessiert an den Raubkatzen, denn ihr Gebrüll ging ihnen auf die Nerven. Man tat seine Pflicht, das heißt, man brachte täglich zwei Stücke rohes Fleisch und einen Kübel Wasser hinter den Drahtverhau und wechselte zweimal pro Woche die Spreu. Die Wunden, die der Löwe der Löwin schlug, blieben unbemerkt und folglich auch unbehandelt. Als die Wärter eines Morgens bemerkten, dass die Löwin verschwunden war, berührte es sie kaum und sie unternahmen weiter nichts, außer dass sie den Einbruch im Schloss meldeten.

Man kann sich gut vorstellen, wie sehr die Prinzessin leiden musste. Der beißende Uringeruch des Löwen und das rohe Fleisch widerten sie so sehr an, dass sie überhaupt keine Nahrung mehr zu sich nahm und immer mehr abmagerte.

Ihr schlimmstes Erlebnis aber war die Entführung. Eines Nachts wurde sie vom Schein mehrerer Taschenlampen geweckt. Entsetzt blickte sie in die Gesichter ihrer ehemaligen Freunde und sie realisierte, dass sie von ihnen in die Gehege ihres eigenen Amphitheaters verbracht wurde.

In den folgenden Tagen versuchte sie immer wieder, sich zu

erkennen zu geben, aber ihr dumpfes Knurren konnte niemand deuten.

»Ein wenig dünn ist sie, die Löwin!«, hörte sie eines Tages einen der Aufseher im Amphitheater sagen, »die braucht einige saftige Stücke Fleisch«.

»Nein, so ist sie genau richtig für unser neues Konzept«, sagte ein anderer.

»Euer neues Konzept – was heißt das?«, fragte der Erste.

"Ganz einfach!«, antwortete der andere: »Bei den früheren Kämpfen haben die Löwen die Soldaten meist in wenigen Minuten zerfetzt. Das passte den Leuten nicht. Sie wollen langsam sich aufbauende Spannung. Damit der Kampf länger geht, muss man einen schwachen Löwen haben und dem Menschen eine zusätzliche Chance geben, indem man ihn z.B. mit einer Waffe ausstattet.«

»Nun, die Leute wollen Blut fließen sehen«, sagte der erste, »ob vom Soldaten oder vom Löwen, das spielt dabei nicht so eine große Rolle.«

Ein paar Tage später wurde die königliche Löwin in die Arena getrieben.

Alle Plätze waren besetzt. Auf ihrem ehemaligen Thronsitz saß einer ihrer Freunde, die anderen Mitglieder der Gruppe »Freunde der Tier-Hatz« platzierten sich um ihn herum. Die Leute lachten. Die Löwin begann unruhig hin und her zu laufen. Sie erschrak, als der Soldat hereingeführt wurde, der gegen sie antreten sollte: ein starker Mann in aufrechter Haltung.

»Der will nicht sterben!«, dachte die Prinzessin voller Angst. »Er wird kämpfen!«

Man übergab ihm ein langes Schwert.

Mit geübtem Blick schätzte die Prinzessin ihre Chancen ein: null! Sie machte kehrt und versuchte wegzulaufen; aber die Tore der Manege waren geschlossen. Sie senkte den Kopf und ging zu Boden. Sie war bereit zu sterben. Der Kämpfer war ihr gefolgt und stand jetzt breitbeinig vor ihr. Er hob sein Schwert.

»Töte die Löwin«, brüllten die Leute. »Töte sie! Töte sie!«

Früher hatte sie mitgeschrien, wenn es für den Soldaten, wie jetzt für sie, nur noch den Weg in Qual und Tod gab.

»Töte sie! Töte sie!«, dröhnte es in ihrem Kopf und in ihrer Seele.

Plötzlich wurde es still in der Arena. Alle wandten den Kopf zum Hauptportal und man hörte die ruhige, starke Stimme des Königs. Der König befahl, den Kampf sofort zu beenden. Er trat an die Rampe und wandte sich an den Kämpfer, der noch immer mit gehobenem Schwert vor der Löwin stand, und sagte: »Soldat, du hast in unseren Gefängnissen gelegen und wolltest dir mit diesem Kampf die Freiheit erringen. Die sollst du erhalten. Du kannst in unserem Land bleiben, wenn du willst, und wie einer der unsrigen hier leben und arbeiten.« Der Soldat senkte das Schwert, verneigte sich vor dem König und verließ die Manege.

Der König schaute in die Runde. Sein Blick verweilte beim Thronsessel und er sagte: »Für die Veranstalter gilt dieser Befehl: Das Amphitheater wird geschlossen. Kämpfe zwischen Menschen und Tieren und überhaupt alle blutigen Schaukämpfe sind ab sofort strengstens verboten.«

Zum Entsetzen der Zuschauer stieg der König dann in die Arena hinab. Das seltsame Verhalten der Löwin und sein eigenes Herz hatten ihm deutlich gezeigt, dass das Wesen, das da im Sand der Manege lag, seine verwandelte Tochter war. Die Löwin zitterte vor Angst und Schwäche so sehr, dass sie nicht mehr aufstehen konnte. Als die Prinzessin aber in die Augen des Königs blickte, wusste sie, dass sie gerettet war. Zum Dank sprach sie für sich einen Schwur: Sie würde ihr Leben einsetzen, um die Kinder des Landes für Menschlichkeit und Tierliebe zu begeistern.

Der König hatte den Apfel unter seinem Gewand hervorgeholt. Er zerteilte ihn in kleine Stücke und gab sie der Löwin, die sich bereitwillig füttern ließ. Als die Prinzessin plötzlich anstelle der Löwin neben dem König in der Manege stand, sprangen die Besucher auf den Tribünen von ihren Sitzen und rannten schaudernd hinaus auf die Straße.

Der König blickte an den leeren Rängen empor direkt in den Himmel. Es war Vollmond und in der frischen Nachtluft sah er den silbernen Vogel seine Kreise ziehen. Plötzlich stieß der Vogel herab, schüttelte sein Gefieder und ließ einen feinen silbernen Staub auf die Prinzessin hinunterrieseln. Ihre rauen Züge glätteten sich, ihre Augen wurden sanft, ihre Bewegungen weich und weiblich. Ein schönes junges Mädchen stand vor dem König.

Der König machte eine tiefe Verbeugung gegen den Mond zu, verharrte einen Moment wie im Gebet und sagte dann: »Komm, Tochter! Gehen wir zu deiner Mutter. Sie verzehrt sich in Sorge um dich.«

Der Zwerg und die Lokomotive

Obwohl kein Wind wehte, bewegte sich in der roten Abenddämmerung das Schilf und ein Vogel stieg erschreckt in die Luft.

Das war der Tag, an dem die kleine Franziska zu ihrer Großtante fuhr, die in einer prächtigen alten Villa neben dem See wohnte. Franziska kannte die Tante noch nicht und spürte Angst in sich aufkommen. Es hieß, die Tante sei etwas seltsam, vielleicht weil sie so ganz allein in dem einsamen Haus wohnte.

Franziska musste zur Tante gehen und vielleicht lange Zeit bei ihr bleiben, denn ihr Vater war bei einem Autounfall tödlich verunglückt, und die Tante war die einzige Verwandte, die sie bei sich aufnehmen konnte.

Ihre arme Mutter war vor einem Jahr mit dem Krankenwagen abgeholt und in ein Sanatorium gesteckt worden, weil sie an einer schweren Krankheit litt. Franziska durfte sie nicht besuchen. Sie konnte jetzt nur noch mit dem Foto ihrer Mutter sprechen oder mit sich selbst Mutter und Tochter spielen. Immer öfter nahm sie die Märchenbücher vom Regal herunter, aus denen die Mutter ihr vorgelesen hatte, und versetzte sich in die schöne Welt der Feen, Zwerge und Tiere und der Prinzen und Prinzessinnen. Mit ihren Träumen war sie weniger einsam.

Auch in dem Auto, in dem ein freundlicher Nachbar sie zur Tante fuhr, hatte sie ihr Märchenbuch bei sich. Sie las gerade die Geschichte vom Feuerzwerg, als die Straße durch einen dichten Wald führte. Franziska legte ihr Buch beiseite und schaute mit großen Augen aus dem Autofenster. Sie bewunderte die alten Bäume, die ihr vorkamen wie eine hohe Mauer, die ein geheimnisvolles Reich umgab. Ob dort auch Rehe und Hirsche lebten?

Als Stadtkind hatte sie sich immer gewünscht, einmal eine Rehmutter mit ihren Rehkitzen zu sehen.

Sie fuhren jetzt ganz nahe an einem See vorbei, dessen Ufer dicht mit Schilf bewachsen war. Viele verschiedene Vögel zogen ihre Kreise über dem See, sie tauchten ab und stiegen wieder auf. Dabei schnatterten und girrten und flöteten sie. Franziska vermutete, dass ihre Nester hier in der Nähe waren. Sie würde sich einmal anschleichen, um die Jungvögel zu beobachten. Die Sonne ging allmählich unter und das Abendrot überzog den Himmel. Die Schönheit der Natur fesselte sie so sehr, dass sie ihre Angst vor der unbekannten Tante vergaß.

Auf einmal sah sie eine starke Bewegung im Schilf. Es war, wie wenn jemand eine Leine durch das Schilf zöge, sodass die Blätter sich im Rhythmus einer doppelten Welle bogen und wieder aufrichteten.

»Da bewegt sich etwas im Schilf, irgendetwas ist schnell vorbeigelaufen«, sagte Franziska aufgeregt. Der Nachbar folgte ihrem Blick. »Vielleicht war es ein Fuchs«, sagte er. »Hier brüten viele Wasservögel, der Fuchs räumt ihre Nester aus, wenn die Vögel sie nicht sorgfältig genug verstecken.«

»Die armen Jungen!«, sagte Franziska. Und während sie noch ihren mitleidigen Gedanken nachhing, war das Auto schon am Haus der Tante angekommen.

Der Empfang bei der Tante war nicht gerade herzlich. Die alte Frau wusste nicht, wie man mit einem Kind umgeht. Sie hatte keine eigenen Kinder großgezogen und in ihrer Umgebung lebten auch keine anderen Leute mit Kindern. Sie hatte sich im Laufe der Jahre immer mehr zurückgezogen und war wortkarg geworden. »Sie ist hart und verbittert«, sagten die Leute, die mit abwertenden Urteilen immer schnell zur Hand sind. Eigentlich hatte die Tante aber ein großes Herz. Sie konnte es nur nicht zeigen und sie machte sich Sorgen, dass sie die Aufgabe, ein siebenjähriges Kind zu erziehen, die ihr spät und ohne Vorbereitung zugefallen war, nicht bewältigen könnte. Doch als Franziska mit ihren roten Wangen, noch ganz aufgeregt von allem Schönen und Geheimnisvollen, das sie auf der Reise gesehen hatte, auf einmal vor ihr stand und fröhlich sagte: »Guten Tag, Tante Elise, wie schön es hier bei dir ist!«, da huschte schon das erste Lächeln über ihr zerfurchtes Gesicht. Und als Franziska noch hinzufügte: »Ich freue mich, dass ich bei dir wohnen darf«, da sagte sie, mehr zu sich selbst als zu Franziska: »Wir werden es schon miteinander schaffen.«

Am nächsten Tag beim Mittagessen fragte Franziska ihre Tante Elise, ob sie an den See gehen dürfe. Sie werde ganz vorsichtig sein. Die Tante gab ihre Erlaubnis und Franziska rannte los. Zuerst kam sie an das Schilffeld, das sehr groß war. Um sich nicht zu verlieren, stieg sie zuerst einmal auf einen kleinen Hügel, von dem aus sie eine gute Übersicht hatte. Die Vögel zogen wie gestern ihre Kreise und neben ihr summte eine dicke Hummel über den Gänseblümchen. Sonst war es ganz still. Der See lag ruhig da und glänzte wie ein riesiger silberner Spiegel. Kein Lufthauch war zu spüren.
    Plötzlich sah sie, wie das Schilffeld sich bewegte. Als ob man eine Leine durch das Schilf zöge, so bogen sich die Halme in parallelen Wellen – genau wie gestern, als sie das seltsame Schauspiel vom Auto aus beobachtet hatte. »Das ist kein Fuchs«, sagte sie zu sich selbst, »der schlägt nicht solche Wellen!« Sie lief zu Tante Elise und fragte sie: »Was ist das, was da im Schilf lebt?« Die Tante antwortete: »Da sind nur Wasservögel. Die Bewegung, die du beschreibst, könnte vom Wind kommen, der das Wasser kräuselt und das Schilf bewegt.« Aber Franziska dachte: »Der Tag war doch ganz windstill!« Sie beschloss, nicht weiter herumzufragen und das seltsame Geschehen mit eigenen Augen zu beobachten.

Sie ging täglich zum See, und immer wieder gab es, bei ruhigem Wetter, diese seltsame Bewegung im Schilf. Eines Tages, als sie wieder auf ihrem Beobachtungsposten war, sah sie eine kleine Lokomotive aus dem Schilf kommen. Auf dem Tender saß ein Zwerg mit feuerroten Haaren. Die Lokomotive stoppte haarscharf vor ihren Füßen. Der Zwerg erschrak und sagte: »Das hätte beinahe einen Unfall gegeben!«

Dann wendete er sich zur Lokomotive und sagte zu ihr: »Loki, umkehren! Wir müssen die Teichfee abholen. Wir haben eine Verabredung mit ihr.«

Als Franziska sich von ihrem ersten Schrecken erholt hatte, rief sie, freudig überrascht: »Sie existieren wirklich, die Zwerge und Feen aus Mamas Buch! Ich habe es immer gewusst!« Der Zwerg erschrak, als er Franziskas Stimme hörte und fragte: »Kannst du mich sehen?«

Franziska antwortete:

»Ja, natürlich sehe ich dich! Du bist ein wunderschöner Feuerzwerg.«

Der Zwerg sagte: »Warum habe ich nur meine Tarnkappe vergessen!«, und zur Lokomotive gewandt: »Sie sieht uns. Sie ist nur ein Kind, aber auch sie ist ein Mensch. Das ist gefährlich!« Auf der Lokomotive erschien eine Schrift: »Nun ja, es ist passiert. Da kann man nichts machen. Wir müssen sie für uns gewinnen. Wenn sie unsere Freundin ist, wird sie nichts über uns verraten. Sie wird uns schützen.«

Der Zwerg schien die Antwort der Loki nicht nur zu lesen, sondern er schien sie auch hören zu können, denn er hielt das Ohr ganz nahe an den Dampfkessel. Als die Schrift erlosch, sprang er auf den Tender. Er wendete sich noch einmal zu Franziska und rief: »Bitte, verrate niemandem, dass du uns gesehen hast!« Sein »Auf Wiedersehen!« wurde von einem leisen Pfiff der Lokomotive begleitet. Erst jetzt bemerkte Franziska, dass weißer Dampf aus dem Kamin der Lokomotive stieg, sich kurze Zeit wie weiche weiße Wattebällchen über die Lokomotive legte und dann, als die Lokomotive wieder im Schilf verschwand, in die Luft erhob und sich langsam auflöste.

Franziska atmete tief durch. Dann dachte sie über alles nach, was sie gerade gesehen hatte. Der Zwerg schien Angst vor ihr gehabt zu haben. Warum wohl? Sie erinnerte sich, dass sie einmal ihre Mutter gefragt hatte, warum die Zwerge eine Tarnkappe besitzen. Die Mutter hatte ihr das so erklärt: »Alle Naturwesen vermeiden es, von den Menschen gesehen zu werden; denn die Menschen haben eine schlimme Seite in ihrem Charakter: Wenn sie etwas Schönes sehen, wollen sie es jagen und besitzen, oft auch zerstören. Darum hat Gott es so eingerichtet, dass die Kraftquelle der Natur unsichtbar bleibt für die Menschen. Gott hat den Naturwesen wie den Zwergen eine Tarnkappe gegeben, damit sie sich schützen können. Wenn sie die Tarnkappe überziehen, können die Menschen sie nicht wahrnehmen.«

Was es bedeutet, dass die Naturwesen »Kraftquellen« sind, hatte Franziska nicht verstanden. Darum hatte die Mutter hinzugefügt: »Die Naturgeister haben eine wichtige Arbeit: Sie sind verantwortlich dafür, dass in der Natur alles harmonisch zusammenspielt. Die Menschen denken, sie selber könnten die Natur steuern. Sie tun das, indem sie alles auseinander nehmen und wieder zusammensetzen. Sie sagen, sie seien die Herren der Schöpfung. Aber die Natur ist so reich, so vielfältig, so wunderbar! Die Menschen können sie niemals kontrollieren. Wenn die Menschen merken, wie schwach sie sind, werden sie böse und zerstörerisch. In diesem Zustand sind sie auch gefährlich für die Naturgeister.« Diese Gedanken waren für Franziska ebenfalls schwer zu verstehen gewesen. Sie nahm sich vor, den Zwerg zu fragen, wenn sie ihm wieder begegnete. Das würde sicher geschehen, denn er hatte ja auf Wiedersehen gesagt, bevor er mit seiner Loki ins Schilf zurückfuhr.

Schon am nächsten Tag kamen der Zwerg und die Loki wieder zum Hügel.

»Lass uns Freunde sein!«, sagte er zu Franziska.

»Gerne«, antwortete Franziska. »Ich möchte aber eure Namen wissen. Der Zwerg sagte: »Ich heiße Zwerg.« Franziska war mit dieser Antwort nicht zufrieden. »Du bist doch nicht irgendein Zwerg. Wenn wir Freunde werden, bist du für mich ein besonderer Zwerg.« Sie dachte einen Moment nach. Dann sagte sie: »Darf ich dir einen Namen geben? Zum Beispiel Oskar?«

Der Zwerg verbeugte sich galant und sagte: »Gestatten Sie, mein Fräulein, ich heiße Oskar.« Franziska musste lachen und der Zwerg fuhr fort: »Meine liebe Freundin hier ist Loki. Und wie heißt du?«

»Mein Vater nannte mich Franziska und meine Mutter ruft mich Francesca, sie ist nämlich Italienerin.«

Von da an verbrachten sie jeden Tag ihre Freizeit miteinander. Franziska durfte mit der Loki über den Hügel springen, und lernte sogar das Sich-Überschlagen, ohne heraus zu fallen. Franziska brachte ihren Ball mit und sie erfanden alle möglichen lustigen Spiele. Manchmal saßen sie aber auch nur ruhig nebeneinander und dachten nach oder stellten sich Fragen.

Franziska lernte die Antworten der Loki lesen, auch wenn die Loki zum Spaß die Buchstaben auf den Kopf stellte oder eine ganz fremde Schrift verwendete.

Als sie zum Beispiel wissen wollte, ob die Loki auch eine Tarnkappe habe, lautete die Antwort: »Oui!« Das konnte sie noch verstehen. Das war ja einfach Ja auf Französisch. Aber als sie fragte: »Warum trägst du sie jetzt gerade nicht?«, sah die Antwort ziemlich schwierig aus. Der Zwerg musste ihr helfen.

Da es eine Art Notenschrift war, sang er die Übersetzung als schöne, sanfte Melodie. Allmählich kam Franziska dahinter, dass die Übersetzung lautete: »Ich habe keine Angst vor dir!« Die Antwort freute sie sehr und sie sagte: »Ach farchta mach aach nacht mahr, wann ach aach saha.« Die beiden sollten auch etwas zum Knorzen haben, deshalb verwendete sie von allen Selbstlauten nur das »a«.

Mit der Zeit bekam Franziska auch heraus, womit die beiden sich beschäftigten, wenn sie nicht bei ihr waren: Sie halfen zum Beispiel armen Bauern, die sich kein Fuhrwerk leisten konnten, ihr Heu einzufahren oder Gemüse und Kartoffeln vom Feld zu holen. Sie hatten, so klein sie waren, sehr viel Kraft. Die Tarnkappe half ihnen nämlich nicht nur, unsichtbar, sondern auch stark zu werden. Die Bauern wunderten sich nicht, wenn ihre Ernte am Morgen auf dem Hof lag. Sie wussten, dass es hilfreiche Geister gab, und sie waren ihnen dankbar.

Manchmal hatte Oskar auch unangenehme Aufgaben zu erledigen: Er musste böse und hartherzige Menschen bestrafen. Über die Art dieser Strafen schwieg er sich aus.

Loki erzählte, dass sie zusammen mit Oskar die Schätze des Sees bewache. Deswegen führen sie immer wieder am Ufer entlang durch das Schilf. »Aha«, dachte Franziska, »das ist die Ursache für die Bewegung, die ich schon am ersten Tag gesehen habe.«

Wenn Franziska am späteren Nachmittag nach Hause kam, hätte sie der Tante gerne von ihren wunderbaren Erlebnissen erzählt; aber sie erinnerte sich daran, dass sie Loki und Oskar versprochen hatte, über ihre Begegnung Stillschweigen zu bewahren. Klar, dass sie sich an ihr Versprechen hielt! Um der Tante Freude zu machen, erfand sie lustige Tiergeschichten, über welche die Tante lachen musste. Tante Elise hatte schon lange nicht mehr gelacht, und so hatte sie immer größere Freude an ihrem jungen Zögling.

Am 5. Mai hatte Franziska ihren achten Geburtstag.

Die Tante wusste nicht, wie man ein Kinderfest veranstaltet. Darum bekam Franziska keine Geburtstagsparty.

Franziska war traurig, als sie an ihrem Ehrentag auf den Hügel kam. Weil ein Zwerg Gedanken lesen kann, wusste Oskar, dass sie ihren verstorbenen Vater, ihre kranke Mutter und ihre Freunde und Freundinnen vermisste.

»Du fühlst dich einsam, nicht wahr?«, sagte er.

Franziska nickte.

»Nun, wir haben eine Überraschung für dich. Komm heute Abend um acht Uhr auf den Hügel, dann werden wir deinen Geburtstag feiern.«

Franziska hätte gerne gewusst, was die beiden vorhatten. Loki schrieb etwas wie ›großes Fest‹.

Oskar sang eine Melodie und verzierte sie mit lustigen Sprüngen und Girlanden, aber er verriet nicht, was es bedeutete.

Nach dem Nachtessen schlich Franziska leise aus dem Haus. Sie giggelte vor Aufregung. Schon von weitem sah sie Lokis Botschaft flimmern. Es war das Bild eines Päckchens mit der Aufschrift:

Unser Geburtstagsgeschenk!

Als sie näher kam, öffnete sich das Päckchen, und ein Kärtchen zeigte sich, auf dem zu lesen war:

›Wir fliegen zur Sternenfee und feiern ein großes Fest für dich.‹

Als sie auf den Hügel kam, sang Oskar »Happy birthday, dear Francesca« – ihm gefiel ihr italienischer Name besonders gut – und er erklärte ihr, was es mit dem Ausflug auf sich hatte:

»Das Fest der Sternenfee findet alle acht Jahre statt, heute schon zum zweihundertfünfzigmillionsten Mal.«

Loki zeigte zum besseren Verständnis noch einmal die große Zahl:

250 000 000.

»Die Feen feiern mit diesem Fest am 5. Mai den Tag, an dem das Feenschloss auf dem Stern der Sternenfee eingeweiht wurde. Das war vor zwei Milliarden Jahren.«

Lokis Zahl hatte furchtbar viele Nullen: 2 000 000 000.

»Alle 80 Jahre gibt es ein besonders großes Fest.«

Franziska war gut im Rechnen, und so sagte sie:

»Das ganz große Fest hat also jetzt schon fünfundzwanzig Millionen Mal stattgefunden.«

»Ja«, fuhr Oskar fort. »Das letzte große Fest war am 5. Mai 1925. Und heute, am 5. Mai 2005, ist wieder solch ein großes Fest. Es fällt genau mit deinem Geburtstag zusammen. Und zu diesem Fest sind wir eingeladen.

Setz dich hinter mich auf den Tender und halte dich gut fest an mir!«, sagte Oskar.

Es war Franziska schon ein wenig mulmig, als sie sich das angekündigte Reiseziel vorstellte. Aber sie hatte Vertrauen zu ihren Freunden. Schließlich hatte sie Lokis Sprünge und ihre Überschlagmanöver schon kennen gelernt, und sie war natürlich gespannt auf die große Feenparty.

So stieg sie mutig ein und legte ihre Arme um Oskars Taille. Kaum hatte sie Platz genommen, sprang Loki in die Luft und fuhr geradewegs in den Himmel. Nach wenigen Minuten hatten sie die Wolken unter sich gelassen, und schon bald landeten sie vor dem Schloss der Sternenfee. Bereits viele Feen waren dort versammelt. Es waren wunderbar zarte Wesen in glitzernden Gewändern, die zum Klang der Sphärenmusik tanzten.

Ein langes Buffet war aufgestellt mit erlesenen Köstlichkeiten wie Morgentausuppe, Auroraglace, Regenbogentorte und von

Hageleis gekühlter Abendrotpudding. Dazu gab es Mondwein aus Schneekaraffen.

Nur die Sternenköche können solche Speisen hervorzaubern.

In der Mitte formierten sich acht kleine Sterne zu einer Geburtstagkerze, die Franziska ausblasen musste. Die Windfee half ihr dabei.

Dann durfte Franziska einen Geburtstagswunsch äußern.

»Bitte helft meiner Mama, dass sie bald wieder gesund aus dem Spital kommt!«, sagte Franziska und schaute die Feen mit großen, bittenden Augen an.

Die Sternenfee wurde sehr ernst und sagte zu den anderen Feen: »Es ist nicht leicht, Franziskas Wunsch zu erfüllen; aber wir wollen es versuchen.« Alle Feen setzten sich in einen Kreis. Es wurde still. Die Musik schwieg. Die Feen bewegten sich in konzentrischen Kreisen. Sie schienen sich zu dichten Elementen zusammenzuziehen.

»Sie meditieren«, flüsterte Oskar Franziska ins Ohr.

Nach einiger Zeit begannen die Sphären wieder zu klingen, die Feengewänder bewegten sich leicht wie Spinngewebe und die Sternenfee trat auf Franziska zu.

»Wir haben deiner Mutter mit unserer Sternenmeditation einen Kraftstrahl geschickt. Das wird ihren Zustand bessern. Für eine endgültige Heilung ist eine andere Aktion erforderlich: Es gibt im Kosmos wunderbare Sternschnuppen«, sagte sie, welche die Kraft haben, kranke Menschen gesund ins Leben zurückzuführen. Damit ihre Heilkraft sich entfaltet, ist es aber notwendig, dass man die Sternschnuppe kurz vor dem Verglühen einfängt und dabei den Namen des kranken Menschen ausspricht. Die Unternehmung ist sehr gefährlich, denn in der Sternenwelt gibt es schwarze Löcher, die alle Materie ansaugen und verschlingen. Es braucht eine große Liebe und einen starken Willen, um an ihnen vorbeizukommen. Wir Feen dürfen uns nicht an der Aktion beteiligen, auch du nicht, Franziska, du bist noch zu jung. Aber in nicht allzu ferner Zeit wird es jemanden geben, der die Liebe besitzt und den aus der Liebe erwachsenden Mut, um die Rettung zu vollbringen.«

Franziska bedankte sich bei den Feen und schon bald war es Zeit, um zur Erde zurückzukehren.

Auf der Rückfahrt, wurde Franziska müde. Sie schlief an Oskars Rücken ein. Loki flog sehr vorsichtig und sie landete sanft auf dem Hügel. Der Zwerg setzte die Tarnkappe auf und trug Franziska zur Villa der Tante Elise. Auf der Terrasse legte er sie auf eine Bank und deckte sie mit einigen Kissen zu.

Dann ging er zum Hügel zurück, wo seine Lokomotive auf ihn wartete.

»Du warst heute nicht so fröhlich wie sonst, wenn wir zur Sternenfee fahren. Geht es dir nicht gut?«, sagte die Lokomotive.

Der Zwerg nickte, aber er gab lange keine Antwort. Er stützte nachdenklich den Kopf in beide Hände. Schließlich sagte er: »Als Franziska sich heute auf der Fahrt zur Sternenfee an mir festhielt und ich ihre menschliche Wärme spürte, hatte ich auf einmal das Gefühl, ich sei auch schon einmal ein Mensch gewesen. Es stiegen immer deutlichere Bilder aus meiner Erinnerung auf. Ich hörte Stimmen von Kollegen, die miteinander lachten und diskutierten, und ich sah menschliche Gesichter, die lachten, und solche, die streng waren, spöttische und ernsthafte, und ich sah Augen voll Liebe, die mich anstrahlten. Auf einmal fand ich mich im Führerhaus einer Lokomotive sitzen.«

»Das ist klar«, sagte die Lokomotive, »du warst ja Lokomotivführer.«

»Woher weißt du das?«, fragte der Zwerg erstaunt.

»Ich habe auch schon einmal als Mensch gelebt«, sagte die Lokmomotive, »ich war eine reiche Frau und ich kannte dich.

Du warst ein außergewöhnlich schöner und liebenswürdiger junger Mann.«

»Und warum bin ich jetzt ein Zwerg?«

»Das kann ich dir nicht sagen.«

Die beiden unterbrachen ihr Gespräch, denn in einem der Häuser am See ging ein Licht an und sie hörten Stimmen. Um sich nicht in Gefahr zu bringen, zogen sie sich schnell in ihre Wohnung im Schilffeld zurück.

Auch in der Villa der Tante Elise war noch Licht. Den ganzen Tag hatte die Tante sich Gedanken darüber gemacht, dass sie eigentlich doch gerne ein Geschenk für Franziska gehabt hätte. Beim Nachtessen war es ihr vorgekommen, als sei Franziska ungewohnt still gewesen. Plötzlich erinnerte sie sich, dass es noch eine Puppe auf dem Estrich geben musste, die sie als Kind selber einmal zum Geschenk erhalten hatte. Sie ging auf den Estrich – sehr leise, weil sie glaubte, Franziska schliefe bereits – und fand in einer Schachtel tatsächlich die Puppe. Es war eine wunderschöne Puppe, die Mama sagen konnte und lange echte Haare hatte. Nur die Kleider sahen etwas verstaubt aus. Die Tante wusch und glättete sie. »Jetzt, mit meinen 70 Jahren, spiele ich mit einer Puppe, wie ich es als Kind nie getan habe«, sagte die Tante nachdenklich zu sich selbst. Sie nahm die Puppe und wollte sie ganz leise auf Franziskas Bett setzen; aber das Bett war leer. Die Tante erschrak.

»Sie geht am Tag immer zum See. Vielleicht ist sie jetzt auch dort. Aber das wäre gefährlich in der Dunkelheit«, dachte sie.

Besorgt lief sie aus dem Haus. Da sah sie die schlafende Franziska auf der Terrassenbank. »Gott sei Dank!«, sagte sie erleichtert. Sie holte eine dicke Decke aus dem Haus und deckte Franziska sorgfältig zu.

Am nächsten Morgen – Franziska spielte gerade glücklich mit ihrer neuen Puppe – kam ein Anruf aus dem Sanatorium, in dem Franziskas Mutter untergebracht war. Eine erfreuliche Nachricht: Es ging der Mutter überraschend besser. Zwar durfte sie das Sanatorium noch nicht verlassen, aber Franziska erhielt die Erlaubnis, sie zu besuchen. Glücklich fuhr Franziska mit dem Bus in die Stadt. Sie wusste genau, woher die Besserung kam: Das war das Geschenk der Feen! Die Wirkung der Feenmeditation! Freudig umarmte sie die Mutter, und auch die Mutter war glücklich, ihr Kind wieder in die Arme schließen zu können.

Natürlich erzählte Franziska auch ihren Freunden Loki und Oskar von der wunderbaren Besserung. Oskar sagte: »Dann ging es also vorerst noch ohne das allerletzte Mittel.«

Franziska verstand, dass er mit dem ›allerletzten Mittel‹ das Einfangen der Sternschnuppe meinte.

Die Mutter rief nun öfter bei Tante Elise an und bedankte sich sehr herzlich, dass sie so liebevoll für Franziska sorgte.

Eines Tages sagte Tante Elise zu Franziska: »Ich habe dich sehr lieb gewonnen und freue mich, dass du bei mir bist; aber deine Mutter möchte, dass du die Internatsschule in der Stadt besuchst, damit du eine gute Ausbildung bekommst und damit sie dich so oft wie möglich sehen kann. Sie ist immer noch sehr krank und ich verstehe ihren Wunsch.«

So musste Franziska von allen Abschied nehmen, die ihr in der letzten Zeit lieb geworden waren: von Oskar und Loki und auch von Tante Elise.

Tante Elise hatte sich sehr verändert, seit Franziska bei ihr wohnte. Ihre neue Aufgabe als Erzieherin eines neugierigen, lebensfrohen Kindes hatte ihr geholfen, ihr großes Herz zu öffnen. Die Leute um sie herum fassten Zutrauen zu ihr und kamen in ihr

Haus, wenn sie Hilfe brauchten. Tante Elise begann sich um ihre Nachbarn zu kümmern, wenn sie krank waren oder wenn Verzweifelte ein mitfühlendes Wesen brauchten, bei dem sie ihr Herz ausschütten konnten.

Franziska lebte sich schnell in der Stadt ein. Sie fand neue Freundinnen und Kollegen, hatte ein interessantes Schulprogramm und wuchs allmählich zu einer jungen Erwachsenen heran. Sie war ernster als ihre gleichaltrigen Schulkolleginnen, aber sie tanzte gern und interessierte sich für alles, was mit fremden Ländern und spannenden Naturereignissen zu tun hatte. Es machte sie glücklich, dass sie täglich ihre Mutter sehen konnte, und am Wochenende besuchte sie, wann immer möglich, ihre Tante Elise. Aber zum See ging sie nur noch selten. Bald hatte sie den Zwerg und seine Lokomotive vergessen.

Kurz vor ihrem Schulabschluss erhielt sie eine schreckliche Nachricht: Der gesundheitliche Zustand ihrer Mutter hatte sich plötzlich dramatisch verschlechtert.
»Bitte helfen Sie meiner Mutter!«, bat Franziska die Ärzte, die um das Bett standen; aber die Antwort auf ihren ernsten Gesichtern hieß:
»Wir sind mit unserer ärztlichen Kunst am Ende.« Nach der Visite teilte der behandelnde Arzt ihr mit, dass die Mutter bald sterben müsse.

Franziska fühlte sich allein und hilflos. In ihrem Schmerz fuhr sie zu Tante Elise. Von ihr hatte sie einmal Hilfe erhalten. Tante Elise würde ihr auch jetzt Trost spenden.
Als der Bus am Waldrand entlangfuhr, schaute sie aus dem Fenster. Die hohen Bäume schlossen sich zu einer schwarzen Wand zusammen, die keinen Lichtstrahl durchließ. Bald kamen sie an den See. Das Wasser war dunkelgrün und unruhig, die

Wolken hingen tief. Kein Wind wehte. Das Schilf stand gerade. »Es wird bald ein Gewitter geben«, dachte Franziska. Die letzten paar Schritte zum Haus der Tante ging sie zu Fuß. Es war unheimlich still. Nur ein Kauz ließ sich hören. In einiger Entfernung sah sie den kleinen Hügel, zu dem sie als Kind so gerne gegangen war. Bilder von Zwergen, Feen und wundertätigen Sternschnuppen zogen vor ihrem inneren Auge vorbei.

»Kindereien das alles«, sagte sie vor sich hin. »Jetzt bin ich erwachsen«, und ihre Schritte wurden forscher. Trotzdem ging sie, wie von magischen Kräften gezogen, auf das Schilffeld zu, und als sie zum Hügel kam, hörte sie sich auf einmal leise »Oskar« rufen. »Oskar, Loki!« Es war ihr, als wirbelte sie in konzentrischen Kreisen um ihre eigene Achse und zöge sich zu einem tonnenschweren Punkt zusammen. Der Gedanke an die sterbende Mutter überfiel sie mit voller Wucht. Sie stand wie ein Stab und stieß die Füße in die Erde. So hielt sie dem Gewitter stand. Dann ging sie mit starken Schritten zu Tante Elises Haus. Vor dem Garten hielt sie einen Moment inne. Die Nachtkerzen begannen sich zu öffnen. Blüte für Blüte durchbrach die grüne Haut der Knospe und verströmte einen starken Duft. »Wie schön sind diese Pflanzen!«, dachte Franziska. Seltsam, dass ich sie früher nie beachtet habe. Jetzt strahlen sie mich an, als hielten Sonne und Mond sich bei der Hand. Sie atmete noch ein paar Mal tief durch und ging zu Tante Elise. Nachdem sie die Tante über den Zustand ihrer Mutter informiert hatte, schlief sie erschöpft im Sessel ein.

Der Zwerg stand mit seiner Lokomotive beim Hügel.

»Es steht schlimm um Franziskas Mutter«, sagte er. »Jetzt kann nur noch das letzte Mittel helfen.«

Die Lokomotive äußerte sich nicht. Nach langem Schweigen sagte sie: »Es ist zu schwierig. Ich weiß es; denn ich habe schon einmal versucht, eine Sternschnuppe zu fangen.«

»Was!?«, rief der Zwerg, du warst schon einmal dort?«

Und die Lokomotive gab ihr lange gehütetes Geheimnis preis:

»Du und ich, wir kannten uns bereits, als wir beide Menschen waren. Ich fuhr immer mit deinem Zug, um dich sehen zu können, denn ich war in dich verliebt. Du warst höflich zu mir, beachtetest mich aber weiter nicht, weil ich eine reife Frau war und du ein junger Mann, der ein junges Mädchen liebte, ein Mädchen wie ein Wiesenblümchen.

Eines Tages hattest du einen Unfall. Du warst schwer verletzt. Ich wusste, wie ich dir helfen konnte, denn ich besaß magische Kräfte. Meine Liebe zu dir war so groß, dass ich es wagte, eine Sternschnuppe zu fangen. Ich wünschte mir, dass wir beide unsterblich würden und für immer beieinander blieben. Auf welche Art wir zusammenleben würden, konnte ich nicht bestimmen. So wurdest du zu einem Zwerg und ich zu deiner Lokomotive.«

»So wurde ich zu einem Zwerg und du zu meiner Lokomotive«, wiederholte der Zwerg mit matter Stimme. Plötzlich kam ihm ein Gedanke: »Wenn wir unsterblich sind, können wir gefahrlos die Sternschnuppe für Franziskas Mutter fangen.«

»Unsere Unsterblichkeit ist an unser Leben auf der Erde gebunden«, antwortete die Lokomotive. »Wenn wir die Erde verlassen, sind auch wir gefährdet. Als Lokomotive bin ich wahrscheinlich auch nicht mehr wendig genug, um den Kampf mit den schwarzen Löchern aufzunehmen.«

»Aber ich liebe Franziska, das Menschenkind, das mir einen Namen gegeben hat und das uns in seinem Herzen noch immer vertraut. Ich will die Sternschnuppe für sie fangen. Bitte hilf mir dabei!«

»Du weißt, dass wir beide sterben werden, wenn wir diese Tat wagen.«

»Ja«, sagte er. Dieses todesmutige Ja machte den Zwerg so

schön wie damals, als er Lokomotivführer gewesen war. Die Erinnerung an ihr Leben als Menschenfrau mit magischen Kräften und mit einer großen Liebe überkam die Lokomotive mit aller Kraft und sie sagte: »Ja, ich will dir helfen. Steig ein!« Und sie fuhren geradewegs in den Himmel der Sterne und Kometen, der Sternschnuppen und der gefährlichen schwarzen Löcher.

Franziska war an das Bett der Mutter zurückgekehrt und wachte bei ihr. Gegen Morgen schlief sie ein. Als die ersten Lichtstrahlen ins Zimmer fielen, wurde sie wach, weil eine Hand ihr zart übers Haar strich. Die Mutter war genesen. Die Ärzte hatten keine Erklärung für die plötzliche Heilung und nannten sie ein Wunder.

»Es gibt sie also doch, die Naturwesen!«, sagte Franziska leise. Sie wusste jetzt, dass sie den Bezug zur Kraftquelle der Natur nicht verloren hatte.

Nach Abschluss ihrer Lehrzeit zog Franziska mit ihrer Mutter zu Tante Elise, die inzwischen gebrechlich geworden war und ihre Pflege brauchte.

Die Dorfbewohner erzählten sich noch viele Jahre später märchenhafte Geschichten über die zugereisten Familienmitglieder der Tante Elise: Franziska hatte einen Sohn bekommen, der zu einem auffallend schönen jungen Mann heranwuchs und den sie Oskar nannte. Er wurde Lokomotivführer und heiratete eine reiche Frau aus der Fremde, von der man sagte, dass sie über magische Kräfte verfüge. Man nannte sie allgemein »die Zauberin«. Der Lokomotivführer und seine Frau hatten ein gutes Verhältnis zu den Leuten im Dorf. Sie waren hilfsbereit und packten überall an, wo Not am Mann war. Die Leute dankten es ihnen. »Es ging nicht immer mit rechten Dingen zu«, sagten sie, »aber man muss ja nicht alles an die große Glocke hängen.«

Camara und die Eidechse

Der Held unserer Geschichte ist ein achtjähriger Krauskopf, der so fröhlich lacht, dass er jedem damit das Herz erwärmt. Seine Zähne blitzen schneeweiß wie für eine Zahnpastareklame, weil sie in einem pechschwarzen Gesicht stehen. Camara ist ein kleiner Afrikaner. Er kam in einem armen Dorf am Nagafluss zur Welt. Schon als Dreijähriger verlor er bei einem Schiffsunglück seine Eltern und lebte dann bei seinem Großvater in einer Schilfhütte am Fluss. Leider war der Großvater sehr arm und konnte seinem Enkel nicht die Nahrung geben, die sein kleiner Körper brauchte, um sich gesund zu entwickeln. Der Junge begann unsicher zu laufen, fiel immer wieder um und seine Beinchen bildeten ein O.

Eines Tages trug der Großvater Camara auf seinem Rücken zur Missionsstation, um ärztliche Hilfe zu bekommen. Dort war gerade ein junges Ehepaar aus Europa zu Besuch. Ihre Ehe war kinderlos geblieben und sie hatten sich entschlossen, ein Kind zu adoptieren. Der kleine Camara nahm sie sofort gefangen, und der Arzt der Station, der eine Mangelerkrankung bei Camara festgestellt hatte, empfahl dem Großvater, seinen kleinen Enkel zur Adoption freizugeben, damit er in Europa geheilt werden könnte.

So kam Camara in die große Stadt Manuz. Seine neuen Eltern waren sehr lieb mit ihm. Sie sorgten dafür, dass er gute Medikamente und die notwendigen Vitamine bekam, und er fühlte, wie sein Rücken allmählich erstarkte. Aber ohne Rollstuhl konnte er sich nicht fortbewegen. Morgens ging er in die Grundschule – das heißt, er ging nicht, sondern wurde in seinem Rollstuhl vom Behindertenbus abgeholt und, wenn die Schule fertig war, wieder nach Hause gebracht. Der Hinweg am Morgen machte ihm Freude, denn er ging gerne zur Schule und interessierte sich für vielerlei Dinge, vor allem die Tier- und Landschaftskunde. Er flachste auch gerne mit seinen Klassenkameraden herum und er war bei ihnen sehr beliebt.

Der Nachhauseweg fiel ihm schwer. Die anderen sprangen jetzt aufs Velo oder rannten zum Fußballplatz, um für den nächsten Match zu trainieren. Ihm stand ein einsamer Nachmittag bevor, denn für seine neuen Eltern lag das Geld nicht auf der Straße und sie mussten beide bis abends arbeiten.

Eines Tages fand Camara heraus, dass der Fußballplatz gar nicht so weit entfernt war und dass es hinter dem Reihenhaus, in dem sie wohnten, eine ebene Nebenstraße gab, auf der er mit seinem Rollstuhl an das Drahtgitter auf der rechten Seite des Spielfeldes heranfahren konnte.

Jetzt spielte er im Geiste mit. Und wie!

»Spring auf die Seite!« oder »Warum spielst du keinen Kopfball, du Trottel« oder »So renn doch, Päuli, ich bitte dich, renn! Schneller, schneller.« So hörte man ihn schreien. Und wenn es ein Goal gab, war seine Stimme so laut, dass sie bis aufs Spielfeld schallte. Die anderen erkannten ihn und winkten ihm zu. Als dann einmal ein Ball über die Absperrung fiel, riefen sie: »Schieß ihn zurück, Camara!«, ohne in ihrem Spielfieber daran zu denken, dass der Arme den Ball aus seinem Rollstuhl heraus gar nicht erreichen, geschweige denn ›schießen‹ konnte. Schließlich kam einer von ihnen und holte den Ball, der sich im Gebüsch auf einem Felsbrocken verfangen hatte. Er winkte Camara freundlich zu und sagte fröhlich: »Nicht so schlimm, Schoggistängeli!«, und rannte wieder aufs Spielfeld.

Camara war sehr unglücklich. Das Schoggistängeli war sicher nicht bös gemeint; aber wieso durfte er nicht weiß sein wie die anderen? Auch dass er den Ball nicht über den Hag hatte tschuten können, war eine Sauerei. Er machte ein paar Trockenübungen – vielleicht würde es ihm gelingen, den nächsten Ball vom Felsen zu holen. Er lehnte sich ganz weit aus dem Rollstuhl und streckte den rechten Arm aus. Einmal, zweimal, immer wieder. Fast wäre er aus dem Rollstuhl gekippt. Mist! Es klappte nicht. Einfach nicht! Verzweifelt schlug er mit der bloßen Faust auf die Steine, bis die Hand blutete. Es nutzte nichts. Er konnte die Spitze des Gesteinshaufens nicht erreichen.

Zornig wendete er den Rollstuhl und fuhr nach Hause. Er setzte sich an die Hausaufgaben. Indem er sich mit der Schule befasste, traten auch seine fröhlich spielenden Klassenkameraden wieder vor sein inneres Auge und der Ball lag wieder da – weit weg, unerreichbar für einen, der im Rollstuhl sitzt.

Beim Abendessen war er sehr still. »Hast du deine Medikamente genommen?«, fragte die Mutter. »Es geht dir schon viel besser. Du darfst nie vergessen, die Medikamente zu nehmen. Im nächsten Monat wird der Arzt versuchen, durch eine Operation den Knochenwuchs deines Rückens zu korrigieren.« Camara hörte sich alles geduldig an, aber heute hatte seine Hoffnung einen starken Stoß erlitten.

Am nächsten Tag fuhr er nicht zum Fußballplatz; aber dann konnte er es zu Hause doch nicht aushalten und er ging wieder hin. Im Kopf mitspielen ist doch besser, als gar nicht dabei zu sein, sagte er zu sich selbst. Das Spiel war an diesem Tag besonders gut. Sein Rufen und das Die-Arme-in-die-Luft-Werfen und das Hin-und-her-Schieben des Rollstuhls wollte kein Ende nehmen. Auf einmal sah er etwas neben seinen Rädern durch den Sand huschen. Es musste ein Tier gewesen sein, aber er hatte es nicht erkennen können. Da, da war es wieder. Es kam unter einem Stein hervor. »Ein kleines Krokodil!«, rief er und verbesserte sich sofort: »Blödsinn, so etwas gibt es hier doch nicht! Aber es war bestimmt ein Reptil! Ah, klar! Eine Eidechse!«

Die Eidechse war sehr scheu. Kaum hatte er sie gesehen, war sie auch schon wieder hinter dem Stein verschwunden. »Du lustiges Tier!«, rief Camara, «bleib doch mal einen Moment, ich möchte dich betrachten." Und als ob sie ihn verstanden hätte, lief sie diesmal nicht weg: »Etwa zwölf Zentimeter, Schwanz mindestens doppelt so lang wie der Körper, Schuppen auf dem Rücken« – Camara notierte sich alles in seinem Kopf, um zu Hause mithilfe des Biologiebuches herauszufinden, welche Art von Eidechse es war. «Ach ja, dann bist du noch bräunlich-grünlich auf dem Rücken und weißlich am Bauch und hast Beine. Wie viele? Stopp doch!« – aber sie war schon wieder weg.

Zu Hause nahm er ganz aufgeregt sein Biologiebuch heraus: »Kein Zweifel möglich, das war eine Zauneidechse!« Zur Ergänzung ging er noch ins Internet. »Die Zauneidechse frisst am liebsten Käfer und deren Larven, manchmal aber auch pflanzliche Kost. Sie trinkt Tau und Regentropfen.« Camara merkte, dass er selber auch hungrig war. Er hatte außer seinem Lunchbrot noch nichts gegessen. Er nahm sich ein Joghurt aus dem Kühlschrank.

Camara ging jetzt jeden Tag zu seinem Felsen am Spielfeldgitter; aber nicht mehr nur, um mit den Freunden im Kopf Fußball zu spielen, sondern um die Eidechse zu sehen – und sie kam immer. Er begann mit ihr zu sprechen: »Du, bist du eigentlich auch allein wie ich? Hast du keine Freunde, mit denen du spielen kannst? Ich will dein Freund sein, hörst du?« Die Eidechse hielt den Kopf ein wenig schräg und schaute ihn an.

»Du hast so wenig Platz unter deinem Felsen wie ich in meinem Rollstuhl." »Maxi, tschau«, sagte er noch und rollte nach Hause.

An diesem Tag erzählte er den Eltern beim Abendbrot von der Eidechse. Der Vater sagte verwundert: »Du hast eine Eidechse gesehen? Mir ist schon lange keine mehr begegnet. Die Eidechsen stehen in Deutschland, in Österreich und in der Schweiz auf der roten Liste der gefährdeten Tiere. Hier in der

Stadt wird alles zubetoniert. Die Parks haben gedüngten englischen Rasen ohne ein Unkräutchen mit sorgfältig geschnittenen Edelrosenrabatten. Die Eidechsen lieben das nicht. Sie wollen Steinhaufen, altes Holz, ungeschnittenes Gras und lockeren Sand.«

»Und Unordnung«, fügte die Mutter hinzu, »wie ein gewisser«

»Camara!«, sagte der Junge.

Alle drei lachten.

»Wo hast du die Eidechse denn gesehen?«, fragte der Vater.

Camara beschrieb den Ort ganz genau. Der Vater sah besorgt aus.

»Ich habe gelesen, dass man dieses Vorortspielfeld zu einem richtigen großen Fußballfeld ausbauen will. Das wäre nicht gut für deine Eidechse.«

Das Ende kam schneller als erwartet. Als Camara am nächsten Mittag nach der Schule auf seinen Felsen zufuhr, hörte er schon von weitem den Bulldozer. Der Felsen war zu zwei Dritteln bereits entfernt. Camara fuhr so schnell heran wie möglich und rief schon von weitem: »Bitte tun Sie das nicht, Sie dürfen das nicht tun! Sie töten meinen Freund.« Der Mann im Bulldozer erschrak, als er plötzlich eine Stimme hinter sich hörte. Er drehte sich um und erschrak noch einmal, als er in das schreiende schwarze Kindergesicht blickte. Dann lachte er laut: »Was willst denn du hier? Geh weg, du störst mich bei der Arbeit!«

»Was faselt der verrückte Junge da von einem Freund«, dachte er noch bei sich, denn er konnte von seinem Platz aus nicht sehen, welches Wunder sich gerade ereignete:

Die Eidechse war noch am Leben. Sie streckte den Kopf hinter dem Steinrest hervor.

»Du darfst hier nicht bleiben, Maxi, aber auch nicht fliehen«, rief er. Camara streckte zitternd seine Hand aus. Maxi kam auf ihn zu und – Camara wagte es kaum zu glauben – sie kletterte an seiner Hand und dann an seinem Arm empor und versteckte sich in seinem Rollstuhl.

Schnell kehrte er den Rollstuhl um und fuhr nach Haus zurück.

In ihrem kleinen Garten trug er Holzstücke, Zweige und Steine zusammen und machte ein Hügelchen. »Die Eidechsen haben es gerne unordentlich«, hatte die Mutter gesagt.

Camara bemerkte erst jetzt, als Maxi von seinem Rollstuhl glitt und zwischen den Zweigen verschwand, dass er einen Teil seines Schwanzes verloren hatte.

»Er wird wieder wachsen«, sagte er tröstend. Er hatte in seinem Biologiebuch gelesen, dass die Eidechsen manchmal ihren Schwanz verlieren, dass er aber schon bald wieder in voller Länge vorhanden ist.

Am nächsten Tag erfuhr Camara in der Schule, dass auch die Kameraden nicht mehr auf das Fußballfeld zurück konnten. Sie hatten einen neuen, allerdings weit entfernten Platz gefunden. Dorthin konnte Camara ihnen mit seinem Rollstuhl nicht folgen. So verbrachte er seine Nachmittage allein zu Hause im Garten. Meistens kam Maxi hinter seinem Stein hervor und er sprach mit ihm.

»Bist du traurig, Maxi, weil du so allein bist? Das tut mir leid. Ich würde gern einen Freund für dich finden und in den Garten holen. Dann könntet ihr miteinander spielen; aber ich weiß nicht, wo ich ihn finden kann.«

Camara versuchte herauszufinden, ob es irgendwo einen Ort gab, wo die Eidechsen noch in so großer Zahl existierten, dass sie keine bedrohte Art waren.

Im Internet fand er eine seltsame Notiz über einen Ort mit Namen Lacerta: »Der Ort trägt seinen Namen nach der lateinischen Bezeichnung für Zauneidechse: Lacerta agilis.«

»Vielleicht gibt es dort auch heute noch Eidechsen«, dachte Camara. Er holte den Atlas aus dem Regal. Lacerta fand er zwar nicht auf der Landkarte, aber Reptal, laut Internet der Nachbarort, war verzeichnet. Doch wie weit entfernt war das von Manuz! Zu weit für einen Sonntagsausflug mit den Eltern.

»Ich könnte Hitchhiking versuchen«, überlegte er sich. »Aber gibt es Leute, die ein Kind im Rollstuhl befördern?

Der Wunsch, das sagenhafte Dorf Lacerta und einen Freund für Maxi zu finden, wurde mit der Zeit so groß, dass Camara nicht mehr ruhig zu Hause sitzen konnte. In der folgenden Woche war Sporttag und somit für ihn schulfrei. Ein guter Tag, um das Unmögliche zu wagen. Er bestieg am nächsten Morgen wie üblich den Behindertenbus – ohne Bücher, aber mit einem zusätzlichen Apfel diesmal. Er fuhr weiter als gewöhnlich, nämlich bis zur Station ›Autorastplatz‹. Dort stellte er sich an die Ausfahrtstraße und winkte. Plötzlich hielt ein Wohnwagen, der von einem alten Ehepaar chauffiert wurde. Die Frau schaute aus dem Beifahrerfenster:

»Was machst du hier?«, fragte sie besorgt, und zu dem alten Mann gerichtet sagte sie: »Schau, da ist ein Kind im Rollstuhl. Das arme Kind! Es sieht ganz traurig aus!« Und wieder zu Camara: »Wartest du schon lange? Wohin willst du?«

»Nach Hause, nach Lacerta.«

Es tat ihm leid, dass er die freundliche alte Frau mit seinem ›Nach Hause‹ anlog; aber wenn er etwas von seiner Suche nach einem Freund für Maxi erzählt hätte, wäre ihm vielleicht nicht geglaubt worden.

»Wo ist Lacerta?«, fragte der alte Mann freundlich.

»Es ist in der Nähe von Reptal.«

»Ah, Reptal«, sagte der Mann, »wir fahren an Reptal vorbei, du kannst mit uns kommen«, und er hob Camara mit seinem Rollstuhl in den Wohnraum des Wagens. Camara bedankte sich mit seinem strahlenden Lächeln. Und als der Wohnwagen dann so langsam über die Landstraße zuckelte, wurde er müde und war bald eingeschlafen.

Ein Geruch von frischem Gemüse weckte ihn. Der Wagen war an einem kleinen See im Wald parkiert und die Frau bereitete das Mittagessen vor.

Der Mann hob Camara aus dem Wagen, dann stellte er einen Campingtisch und zwei Klappstühle auf. Wie schön und ruhig es hier war!

Das Wasser im See war so klar, dass Camara die Wasserpflanzen sehen konnte und viele winzige Fische, die sich fröhlich jagten. Bald stand eine bunte Suppe auf dem Tisch. «Eine Frühlingssuppe», sagte die Frau, »aus lauter frischen Frühlingskräutern.«

Während sie aßen, fragte der Mann: »Wie heißt du denn, du hübscher kleiner Mann, und woher kommst du?« Camara erzählte alles, was er von seiner Herkunft wusste.

Und während sie so schwatzten, heulten plötzlich Töffmotoren ganz nah bei ihnen auf. Drei betrunkene Punks mit Hahnenkammfrisuren und schwarzer Ledermontur sprangen von ihren Maschinen. Die beiden Alten waren zu Tode erschrocken. Sie packten schnell alle Campingutensilien samt Camara mit seinem Rollstuhl in den Wohnwagen und wollten abfahren. Aber da hatten die Punks sie bereits gesehen. Sie sprangen auf den Wagen zu und zerrten die beiden alten Leute heraus. Zwei Lederjacken stiegen ins Führerhaus und rieben sich die Hände – »Guter Wobi, kann man brauchen. Ab, weg wie nix, bevor die Schmier kommt!« Sie ließen den Motor aufheulen, als säßen sie auf ihrer Harley Davidson, und zogen los.

In Todesangst schrie Camara: »Das dürft ihr nicht! Man darf nicht stehlen! Die armen alten Leute!«

Erst jetzt bemerkten sie ihn. Was willst du denn da, Neger?!«

Sie hielten kurz an, warfen Camara aus dem Wagen und fuhren weiter.

Camara rieb sich den schmerzenden Kopf. Er lag auf einem Waldweg. Was sollte er tun, hier in der Einsamkeit, ohne Rollstuhl? Er versuchte seine Beine zu bewegen und sich zur Straße zu schleppen, auf der er in einiger Entfernung die Autos vorbeifahren hörte; aber er fühlte sich noch schwächer als sonst. Er schrie, so laut er konnte, um Hilfe. Der Wald verschluckte jeden Laut. Er wurde ohnmächtig und hatte einen Traum:

Er befand sich in einem Wald mit sehr hohen Bäumen. Plötzlich hörte er ein lautes Tapp, Tapp, Tapp, das den Waldboden zum Dröhnen brachte. Ein Dinosaurier! Starr vor Entsetzen rutschte er unter einen Busch. Der Saurier beugte den Kopf über ihn. »Jetzt werde ich gefressen«, schrie Camara; aber der Saurier sagte zu ihm: »Warum hast du Angst vor mir?! Ich bin doch Max, dein Freund. Du hast mich vor dem Bulldozer gerettet und mir ein Haus gebaut. Komm, ich will dich meiner Familie vorstellen. Steig auf meinen Rücken!«

Camara hatte sich in den letzten Wochen nach der Schließung des Fußballplatzes oft bei den Dinosauriern eingelinkt. Die Dinos waren im Moment in seiner Klasse Thema Nummer eins. Aber – so viel interessante Informationen er auch erhielt – die Dinos gab es im Internet nur als Skelette oder als Zeichnungen, so wie gewisse Leute sie sich gemäß den Funden vorstellten. In der Realität waren sie schon seit Millionen von Jahren ausgestorben.

Jetzt stand ihm ein richtiger lebendiger Saurier gegenüber! Wahrscheinlich war es ein Iguanodon, denn sein Kopf sah aus wie der eines Leguans in Südamerika, und er hatte ganz spitze Daumenknochen. Das war Camara sofort aufgefallen, als Max sich auf seinen Hinterbeinen vor ihm aufrichtete.

»Du musst keine Angst haben«, sagte Max, »ich habe keine Stacheln auf dem Rücken und ich kann gut auf vier Beinen laufen, damit du nicht herunterfällst, und ein Fleischfresser bin ich auch nicht!« Max legte sich vor ihm auf den Boden. »Steig auf!«, sagte er noch einmal.

»Ich kann nicht«, sagte Camara, »mein Rücken ist gelähmt.« Aber während er das sagte, spürte er auf einmal eine starke Kraft durch seinen Körper fließen. Er konnte seine Rückenmuskeln anspannen und seine Beine bewegen und auf einmal saß er auf dem Rücken von Max, der sich vorsichtig erhob und mit ihm durch den Wald zu spazieren begann. Riesengroße bunte Schmetterlinge und Insekten flogen durch die heiße Luft und sogen den Nektar aus Blumen, die er noch nie gesehen hatte.

Bald verließen sie den Wald und kamen in eine savannenartige Landschaft. Dinos, wohin man blickte! Einige glichen Max. Sie standen herum wie Kühe und fraßen Farne und Schachtelhalme, die am Ufer eines Flusses wuchsen. »Jetzt kann ich mir vorstellen, was es heißt, einen Körper zu haben, der fünf Meter hoch und neun Meter lang ist und viereinhalb Tonnen wiegt«, dachte Camara.

»Gehen wir zu dem Felsengebirge da drüben«, sagte Max. »Dort ist mein Haus.« Sie gingen durch ein schattiges Gebirge und die ersten Nachtkerzen öffneten ihre Blüten. Camara hätte die Pflanzen beinahe gar nicht erkannt. Sie waren sicher zehn Meter hoch. Der Duft war betäubend. Das Seltsamste aber war, dass jedes Mal, wenn die Blütenblätter eine Drehung machten, um sich zu einer tellergroßen Blüte zu öffnen, ein leiser, aber gut vernehmlicher Klang ertönte. Alle Klänge zusammen ergaben eine wunderbare Sinfonie.

Plötzlich begann die Erde zu beben. Camara wurde hin und her geschüttelt. Er wachte auf und befand sich auf dem Pferdefuhrwerk eines Bauern, das über einen Waldweg holperte. Der Bauer hatte Camara ohnmächtig auf dem Weg gefunden und ihn auf seinen Wagen gehoben.

»So, geht es dir wieder besser, Kleiner«, rief er von seinem Sitz nach hinten, als er sah, das Camara aus seiner Ohnmacht erwacht war.

»Wir sind bald zu Hause. Dann bekommst du etwas zu trinken und wirst verbunden.«

Erst jetzt bemerkte Camara, dass seine Beine und Arme aufgeschürft und blutverkrustet waren. Der Kopf summte. Die Augen fielen ihm wieder zu.

Vor einem schönen alten Bauernhof empfing sie die Bäuerin.

»Ich habe dieses verletzte Kind im Wald gefunden. Ruf den Arzt«, sagte der Bauer. Der Arzt verordnete Ruhe und viel trinken. Er hat hohes Fieber«, sagte er.

Die Bauersfrau umsorgte Camara. Bald durfte auch sie sein freundliches Lächeln erfahren.

»Es geht ihm wieder recht gut«, sagte sie zum Bauern, als er am Nachmittag vom Feld heimkam. »Ich weiß, wer seine Eltern sind. Ich habe sie angerufen. Sie haben sich furchtbare Sorgen gemacht und den Bub – Camara heißt er – bereits bei der Polizei als vermisst gemeldet. Sie kommen so schnell wie möglich vorbei, um ihn abzuholen. Ich habe gesagt, sie sollen noch ein paar Tage warten, bis der Arzt ihn für transportfähig erklärt.«

Der Bauer merkte, dass die Bäuerin Camara am liebsten bei sich behalten hätte. Ihre eigenen Kinder waren bereits erwachsen und lebten in der Stadt, und Enkelkinder hatten sie noch keine.

Camara fühlte sich wirklich schon wieder ganz fit. Er sah, dass er in der Bauernstube auf einer Couch lag. An den Wänden hingen Fotos von Fußballspielen und auf dem Schrank standen Pokale.

»Spielt hier jemand Fußball«, fragte Camara die Bauersleute, die gerade zum Zvieri hereinkamen.

»Ja«, sagte die Bäuerin stolz, »der Bauer war als junger Mann ein Ass. Er spielte sogar in der Nationalliga A.«

»Was!?« Camara blieb der Mund offen. »Wer von denen bist du denn«, fragte er den Bauern. »Etwa der da vorne im Sturm?«

»Ja«, antwortete der Bauer, »richtig erkannt!«

»Wow, ist das ein Köpfler! Du fliegst ja richtig durch die Luft! Und das sieht aus, wie wenn man dich gefoult hätte.«

»Stimmt«, sagte der Bauer, »und was siehst du auf diesem Foto?«

»Du täuschst den Verteidiger der Grünweißen und schießt den Ball um dein linkes Bein von hinten.«

»Bravo«, sagte der Bauer, »du kommst draus!«

»Ach, wenn ich nur mitspielen könnte!«, sagte Camara leise für sich.

Am Abend war es noch immer sonnig und warm. Die Bäuerin hatte vor dem Haus den Tisch zum Nachtessen gedeckt. Der Bauer trug Camara hinaus. Camara erzählte den beiden seine Lebensgeschichte und berichtete von dem missglückten Ausflug, von den Punks und den lieben alten Leuten in ihrem Wohnwagen.

»Hoffentlich haben die Punks sie nicht geschlagen!«, sagte er.

»Es geht ihnen gut«, sagte der Bauer. »Die brutalen Rüpel haben ihnen zwar ihren Wohnwagen weggenommen, sie persönlich aber nicht verletzt. Sie konnten sich zur Hauptstraße retten. Zufällig kam gerade ein Bereitschaftswagen der Polizei vorbei. Die Polizisten brachten die beiden alten Leutchen ins Dorf und nahmen die Verfolgung der Punks auf. Man konnte sie stellen und den Alten ihren Wohnwagen wieder zurückgeben. Die beiden hatten allerdings einen Schock, und vor allem machten sie sich Sorgen um ihren kleinen schwarzen Fahrgast. Sie sind froh, dass du gerettet wurdest.

»Aber sag, Camara, warum bist du denn von zu Hause ausgerissen?«

»Ich musste doch einen Freund für Maxi suchen. Maxi ist eine Eidechse. Ich habe ihr im Garten bei uns ein Haus gebaut, als der Bulldozer ihren Felsen wegräumen musste wegen dem neuen Fußballplatz. Sie ist ganz allein. In unserer Stadt gehören die Eidechsen zu den gefährdeten Tieren.«

»Wenn du Eidechsen gern hast«, sagte die Bäuerin, »hast du dir genau das richtige Tier ausgesucht. Unser Pfarrer hat uns einmal eine alte Schöpfungsgeschichte erzählt. Da heißt es, dass die Eidechse der Sohn des höchsten Gottes und des Regenbogens ist und dass sie die Aufgabe hat, den Menschen bei der Heilung zu helfen, wenn sie krank und unbeweglich sind. Die Eidechse selbst macht es uns vor, wie man wieder heil und ganz wird. Jedes Jahr fällt sie in die Winterstarre und in jedem Frühling wird sie wieder flink und beweglich wie zuvor. Sie kann sich auch häuten, und sogar einen verlorenen Schwanz kann sie selbst wieder zum Wachsen bringen.«

»Auch meinem Maxi«, rief Camara ganz aufgeregt, »wurde der Schwanz abgetrennt, als der Bulldozer kam. Es stimmt also, dass der Schwanz wieder wächst?«

»Ich bin ganz sicher«, sagte die Bäuerin.

Der Bauer nickte zur Bestätigung und sagte: »Camara, komm, ich muss dir etwas zeigen!« Er nahm ihn auf den Arm und trug ihn ums Haus. Camara traute seinen Augen nicht: Die ganze südliche Hauswand war mit Eidechsen übersät. »Weißt du«, sagte der Bauer, »früher gab es hier so viele Eidechsen, dass fremde Besucher das Dorf, zu dem unser Hof gehört, Lacerta nannten. Sie sagten, das sei der lateinische Name für Zauneidechse. Es war noch ein Wort dabei, das weiß ich aber nicht mehr.«

»Lacerta agilis«, rief Camara begeistert. »Ja, stimmt«, sagte der Bauer, »agilis, das heißt beweglich. Weil die Eidechsen so flink hin und her huschen, hat man ihnen diesen Namen gegeben.«

»Agilis, das heißt beweglich«, sagte Camara. Und seine lustigen dunklen Augen wurden einen Moment lang ganz ernst.

Der Bauer ließ ihn sanft auf den Boden gleiten und sagte: »Halte dich einen Augenblick an dieser Stange fest. Ich komme sofort zurück.«

Er brachte einen Karton, in den er mehrere Löcher bohrte.

»So«, sagte er, »jetzt fangen wir einen Spielkameraden für deinen Maxi.«

Er führte Camara ganz vorsichtig an die Mauer und stützte ihn mit starken Armen. Camara lehnte sich vertrauensvoll an den Bauern und streckte den Arm aus, die Hand, den Zeigefinger, genauso, wie er es damals am Gitter des Fußballfeldes getan hatte, als der Bulldozer kam. Zuerst zitterte er, dann wurde er ganz ruhig. Und tatsächlich, wie damals kroch eine Eidechse auf seine Hand! Der Bauer sagte: »Du bist ein wunderbares Kind!« Die Bäuerin, die hinzugetreten war, vergoss ganz heimlich ein paar Tränchen.

»Die Eidechsen sind eigentlich menschenscheu; aber dir vertrauen sie. Jetzt musst du nur noch dir selber vertrauen, dann wirst du gesund.«

Sie setzten die Eidechse in den Karton, legten viel Sand, Holz, ein paar Steine und frische Pflanzen dazu und verschnürten den Karton.

Am späten Abend kamen die Eltern, um Camara abzuholen. Glücklich schlossen sie ihn in die Arme und dankten den Bauersleuten für die liebevolle Pflege.

»Am Montag wird der Arzt im Spital eine operative Korrektur von Camaras Rückenknochen versuchen«, sagte die Mutter. »Ich kann verstehen, dass er sich vor dem Eingriff fürchtet.«

»Muss er nicht«, sagte der Bauer. Er zwinkerte Camara zu und übergab ihm den Karton.

»Schau einmal durch das große Loch«, sagte er.

Camara sah, dass die Eidechse Löcher in den Sandhaufen gegraben hatte. »Für die Eier«, sagte der Bauer, »es ist ein Weibchen.«

Ganz vorsichtig trug Camara bei der Heimfahrt den Karton auf seinem Schoß. Zu Hause setzte er die Eidechse mitsamt dem Karton in den Garten. Er schnitt ein großes Loch hinein.

»Ein Tor«, sagte er.

Die Eltern hatten einen Ersatzrollstuhl besorgt. Camara setzte sich in den Garten und wartete ganz ruhig, bis Maxi kam. Es dauerte nicht lange, da schaute er hinter einem Stein hervor. »Salü, Maxi«, rief Camara, aber er war schon in den Karton zu dem neuen Weibchen geschlüpft.

»Sein Schwanz ist schon ziemlich gewachsen«, sagte Camara zu den Eltern. »Er ist ein starkes Tier. Und Freude an der Neuen hat er auch.«

Am Montag fuhr man ihn in den Operationssaal zu all den grün angezogenen Ärzten und Schwestern.

Wie die da herumhuschen, dachte er noch, bevor sie ihm die Spritze zum Einschlafen gaben.

»Die Operation ist gelungen«, sagte der Arzt, als er aufwachte. »Jetzt kommt die Therapie. Wenn du fleißig mitarbeitest, wirst du bald laufen können.«

Eines Tages kam der Bauer ihn besuchen. Sie hatten eine richtige Fußballsession. Der Bauer ließ sich alle Spieler seiner Mannschaft nennen und ihre Stärken und Schwächen genau beschreiben. Er machte sich Notizen auf Camaras Zeichenblock.

»O.K.«, sagte er. »Ein guter Coach muss natürlich auch die Gegenmannschaft genau kennen. Hast du gerade eine im Sinn, gegen die ihr schön öfter gespielt habt?«

»Ja«, sagte Camara, die von der Kanti Maluz sind ganz harte Kicker.«

»Warum?«, fragte der Bauer.

»Sie haben unheimlich schnelle Stürmer, total aufmerksame Verteidiger und einen Goali, der einfach keinen einzigen Ball durchlässt.«

»Nun, dann überlegen wir uns einmal, wie man diesen harten Zeitgenossen ein Bein stellen kann. Das meine ich natürlich nicht wörtlich«, sagte der Bauer.

Sie überlegten miteinander, wo man angreifen, wo man verzögern könnte, wie sie herauszufordern wären. Der Bauer malte die zwei Teams als Männchen auf das Blatt, damit man sich seinen Plan besser vorstellen konnte. Am Schluss hatte Camara zehn Standortskizzen auf seinem Block.

»Wie geht es denn mit deiner Therapie?«, fragte der Bauer.

»Ach, das ist schrecklich!« antwortete Camara. »Man muss sich jede Bewegung dreimal überlegen, damit man ja keinen falschen Schritt macht. Das ist so langweilig.«

»Genau wie beim Training. Du hast deine Muskeln und Nerven viel schneller im Griff, wenn du sie kontrollieren, d.h. über den Kopf steuern kannst. Das braucht am Anfang viel Geduld. Später macht es Spaß. Und du musst es natürlich können wollen. Schlaffis werden keine Meister.«

Der Bauer verabschiedete sich und lud ihn ein, zur Rehabilitation eine Woche auf den Bauernhof zu kommen.

»Die Bäuerin würde sich freuen und wir könnten noch ein paar Positionsblätter entwerfen.«

Camara machte mit Ausdauer seine Therapieübungen, und als er nach Hause kam, konnte er mit der Unterstützung der Eltern bereits aufrecht in den Garten gehen.
»Schau, die vielen Eidechsen!«, rief er.
»Sie haben Junge gekriegt«, sagte der Vater. »Es scheint ihnen bei uns zu gefallen.«

Auch der Teamchef der Klassenmannschaft kam ihn besuchen. Camara zeigte ihm die Pläne, die der Bauer mit ihm entworfen hatte.
»So macht ein Profi das«, sagte er stolz.
Sie nahmen die Pläne zum Vorbild, um ihr nächstes Spiel zu planen, das ausgerechnet gegen die Kanti Maluz ausgetragen wurde.
Zum Abschied sagte Camara: »Schau dir die Eidechsen an! So müsst ihr euch durch die Spieler der Maluzzis hindurchmanövrieren!«

Am Spielsonntag saß Camara, ohne Rollstuhl, nur mit Stöcken, unten am Spielfeld und nach dem Anpfiff hörte man ihn schreien: »Schneller, schneller! Täuschen, Kevin! Achtung, Päuli, Abseits! Goal! Geschafft!« Zum ersten Mal hatten sie die Kanti Maluz in die Knie gezwungen. Glücklich warf er die Hände in die Höhe.
Seit dem Sieg setzten die Spieler auf Camaras Pläne. Sie kamen oft zu ihm in den Garten. Es war ihnen allen klar: Der Kopf ihrer Mannschaft hieß Camara. Und weil er so einen lebendigen Geist hatte, nannten sie ihn heimlich ›die Eidechse‹.

Lokomotivnummer AB–1110-25

In einem schönen Dorf, umgeben von Bergen und Tälern, Wiesen und Wäldern, lebte ein junges Ehepaar mit seinen Kindern. Dem ältesten Sohn hatten die Eltern den Namen eines Sternbildes gegeben: Orion. Der Junge war gesund und fröhlich. Er liebte seine Tigerkatze Stritzzi und den pechschwarzen Schäferhund Santos und er interessierte sich für alles, was sich bewegte und sich bewegen ließ.

Auch der Großvater war glücklich über seinen aufgeweckten und freundlichen Enkel und er schenkte ihm zu seinem achten Geburtstag eine Eisenbahn mit einer Menge Schienen und einer richtigen Dampflokomotive. Orion strahlte. Er lernte die Lokomotive mit Spiritus aufzuheizen, bis sie dampfte und pfiff, dass es eine Lust war. Mit dem Großvater zusammen baute er eine Landschaft aus Hügeln und Tunneln, durch die sie in großen Bögen ihre Schienen legten und Weichen setzten.

Eine richtige große Eisenbahn hatte Orion zwar schon auf dem Dorfbahnhof gesehen, aber gefahren war er damit noch nicht. Sein Vater war ein Autofreund, und so fuhren sie immer mit Vaters Auto.

Eines Tages tat der Großvater sehr geheimnisvoll, als er den Enkel zu einem Ausflug abholte. Es war ein großer Feiertag für das Dorf, denn die Bahnverwaltung setzte einen neuen Zug auf der Strecke ein: eine Lokomotive mit Tender, Postwagen und drei großen Personenwagen. Die Lokomotive glänzte in seidigem Schwarz, das Führerhaus und die Fenster hatten rote Markierungen und auch die Speichen der Räder waren rot. Für den Postwagen und die Personenwagen hatte man ein dunkles

Grün gewählt. Das Messing der Lampen und der Signale glitzerte in der Sonne, und die Zugnummer AB-1110-25 sah aus, als bestände sie aus echt goldenen Zahlen und Buchstaben. Zur Feier des Tages war die Lok mit Blumengirlanden geschmückt. Wie alle anderen Gäste gingen auch Orion und der Großvater um den Zug herum und bestaunten jede Einzelheit, vor allem Tender und Dampfkessel. Orion war ganz stolz, dass seine erste Eisenbahnfahrt auch die erste Fahrt des neuen Zuges war.

Dieser Reise sollten bald viele Zugfahrten folgen. Der Großvater hatte ein krankes Bein und musste sich jede Woche im Spital der Stadt behandeln lassen. Orion liebte seinen Großvater sehr und bat darum, ihn begleiten zu dürfen.

Der Großvater war ein Eisenbahnliebhaber und wusste vieles über die Technik und die Geschichte der Eisenbahn. Er nahm sich immer Zeit, Orions Fragen zu beantworten. Wenn er einmal Zweifel hatte, bat er den Lokführer persönlich um Auskunft. Der Lokführer zeigte Orion aus nächster Nähe, wie aus Kohlen, Wasser und Feuer der Dampf produziert und zum Antreiben der Lokomotive in den Zylinder geleitet wird, und manchmal nahm er ihn auch mit ins Führerhaus und ließ ihn sogar den Hebel für die Steuerung der Dampfzufuhr bedienen. Das Wichtigste an der Zugfahrt war für Orion der Moment der Weichenstellung. Der Ort, wo die Schienenstränge sich gabelten, lag am Rande des Waldes. Ein Weg führte ins Tal hinunter, der andere den Berg hinauf über die Brücke zum Bahnhof der Stadt. Da es damals noch kein elektrisches Stellwerk gab, mussten die Weichen mechanisch, das heißt von Hand, in die gewünschte Richtung geschoben werden. Diese Arbeit erledigte der Heizer mit einem schweren eisernen Hebel. Es dauerte einige Minuten, bis die Zugfahrt weitergehen konnte. Darum stiegen die Passagiere bei der Weiche meistens aus, »um sich die Beine zu vertreten«, wie sie sagten.

An einem kalten Wintertag sah Orion einige Vögel zitternd auf den gefrorenen Ästen sitzen. Sie dauerten ihn und er gab ihnen etwas von seinem Lunchbrot. Sie hatten gar keine Angst und kamen ganz nahe an Orion heran. Einer pickte die Brotkrumen sogar aus seiner Hand. Auch ein Eichhörnchen und ein Hase zeigten sich, schließlich noch ein Reh. Von da an brachte Orion immer Futter für die Tiere.

Manchmal stieg ein seltsamer Reisender in den Zug. Es war ein vornehmer, alter Engländer, der eigentlich eine Fahrkarte für die erste Klasse besaß, aber zweite Klasse fuhr, weil er es dort viel lustiger fand. Er war ein großer Pferdeliebhaber und erzählte gerne Geschichten aus seinem Leben mit Pferden: von Rennen, bei denen er als junger Reiter Sieger gewesen war, aber auch von alten und schwachen Pferden, die er in seinen Stall aufgenommen und gepflegt hatte, als niemand sie mehr haben wollte. Er hatte die Sprache der Pferde zu verstehen gelernt und darum nannte man ihn einen ›Pferdeflüsterer‹.

Orion hörte mit offenem Mund zu.

Eine Geschichte des Engländers war besonders seltsam. Der alte Herr behauptete, in diesem Wald, nicht weit von der Stelle, an welcher der Heizer die Weiche stellte, lebe ein wunderschönes schwarzes Pferd. Es sei aber kaum jemals zu sehen, und wenn es einmal auftauche, könne niemand es einfangen.

»Ein Pferd im Wald?«, fragte ein Fahrgast ungläubig.

»Vielleicht ist es aus einem Stall davongelaufen«, bemerkte ein anderer.

»Nein, es war schon immer im Wald«, entgegnete der Engländer.

»Ich würde das Pferd sehr gerne sehen«, sagte Orion.

»Vielleicht wird es einmal geschehen«, antwortete der Engländer. »Du bist gut zu den Tieren.«

»Was hat das denn mit dem komischen Pferd zu tun, ob einer gut zu den Tieren ist!?«, rief eine Frau.

»Jägerlatein«, brummelte ein Mann.

»Dieses Pferd ist eben kein gewöhnliches Pferd«, sagte der Engländer, der nach diesem Gespräch komischerweise nie wieder im Zug gesehen wurde, also sozusagen ›vom Zugboden‹ verschwunden war.

Bei der Rückfahrt fragte Orion den Großvater, was er von den Reden des Engländers halte. Der Großvater wiegte seinen weißen Kopf.

»Eine Geschichte aus dem Biologiebuch ist es nicht. Aber es gibt viele Dinge auf der Erde, die wir nicht erklären können. Vielleicht will er sagen, dass die echte Liebe zu den Tieren den Menschen glücklich und sanft macht, und dass ein empfindsames Herz Dinge wahrnehmen kann, die einem harten Menschen verschlossen bleiben.«

Die Zugfahrten mit dem Großvater waren für Orion der Lichtpunkt der Woche. Sie fanden aber leider bald ein Ende. Die Gesundheit des Großvaters verschlechterte sich und er musste im Spital bleiben. Orion fuhr, sooft er konnte, alleine in die Stadt, um den Großvater zu besuchen. Wenn der Zug zur Weiche kam, stieg er aus und fütterte die Tiere. Dabei hielt er Ausschau nach dem wunderbaren Pferd. Manchmal hatte er das Gefühl, es sei ganz in der Nähe. Er dachte, es würde den Großvater erfreuen, wenn er ihm erzählen könnte, er habe das Pferd gesehen. Aber das Pferd zeigte sich nicht und bald starb der Großvater.

Was Orion nicht wissen konnte: dass der Großvater dem Pferd vor seinem Tod noch begegnet war. Am letzten Tag hatte der Großvater die Krankenschwester gebeten, sein Bett nahe an das offene Fenster zu schieben. Jenseits der großen Wiese ging die Sonne langsam unter und am Horizont schwebten die weißen

Rauchwolken des Zuges. Der Zug kam auf ihn zu. Er hielt an der Weiche, im Wald, bei den Tieren. Und auf einmal war da das Pferd. Ganz nahe am Fenster stand es, mit leise bebenden Nüstern. Der Großvater legte den Kopf an die Wange des Tieres und streichelte sein glänzendes Fell. Dann lehnte er sich zurück und schlief ein. Leider wird er die Augen nie wieder öffnen.

Die Eltern bestellten ein großes schwarzes Auto, um den toten Großvater in sein Dorf zurückzuholen. Orion saß im Sonntagsanzug vorne neben dem Vater. Da sah er auf den parallel zur Straße verlaufenden Schienen den Zug herankommen. Orion wurde sehr traurig und presste sein Gesicht ans Fenster. Alles, was er bei den Zugfahrten mit dem Großvater erlebt hatte, kam ihm wieder in den Sinn und er begann bitterlich zu weinen. Er glaubte, er würde nie wieder mit dem Zug fahren können.

Als Orion 14 Jahre alt war, entschlossen die Eltern sich, sein Talent für die Musik ausbilden zu lassen, und schickten ihn in die Stadt zur Schule, damit er ein guter Klavierspieler würde. So gehörte das Reisen zu Orions Alltag.

Am Morgen bestieg er bereits um sieben Uhr den Zug, damit er sich vor dem Unterricht noch auf dem Klavier einspielen konnte. Wenn der Zug an der Weiche hielt, fütterte er wie damals, als er mit dem Großvater gereist war, die Tiere. Am Mittag fuhr er zurück, denn auch zu Hause musste er noch einige Stunden Klavier üben.

Allmählich begann Orions Leben sich zu ändern. Langsam zuerst, dann immer schneller, so wie die Landschaft, die an den Zugfenstern vorbeiflog. Kaum saß er auf seinem Platz, so öffnete er einen dicken Band mit Musiknoten und begann sie unter den bewundernden Blicken der Mitreisenden zu lesen und auswendig zu lernen. An der Weiche fiel ihm jetzt öfter ein, dass er das Futter für die Tiere vergessen hatte. Er erschrak; aber zum

Glück hatten die Kinder der Nachbarn die Fütterung übernommen. Manchmal war Orion so in seine Musik vertieft, dass er gar nicht bemerkte, wie der Zug an der Weiche anhielt und die Leute ausstiegen.

Irgendwann steckten plötzlich Briefbögen aus feinem Papier in seinen Büchern. Einige waren mit einer zierlichen Schrift bedeckt und er las sie immer wieder. Andere, leere Bögen, füllte er Seite um Seite mit seiner eigenen schwungvollen Handschrift. Beim Lesen und beim Schreiben glühten seine Wangen. Sein Musikbuch blieb jetzt manchmal während der ganzen Fahrt geschlossen und er blickte aus dem Zugfenster. Aber er schien das, was er draußen sah, nicht wahrzunehmen und sich irgendwo anders zu befinden. Die Mitreisenden, die ihn seit vielen Jahren kannten, hatten Verständnis für seine Wortkargheit. Sie waren selber ja schließlich auch einmal verliebt gewesen.

Als Orion nicht mehr im Zug erschien, wurde über eine märchenhafte Pianistenkarriere gemunkelt. Andere mutmaßten über eine glückliche Heirat und eine solide Klavierlehrerstelle.

Eines Tages unternahm Orion wieder eine Fahrt in sein Dorf. Er sah sehr glücklich aus. Bei der Weiche, wo er ein paar Körner aus der Jackentasche holte und für die Vögel ausstreute, kam er mit den alten Reisebekannten ins Gespräch, und kaum hatte die Lokomotive durch den üblichen Pfiff das Signal zum Weiterfahren gegeben, so rückten sie nahe zusammen und Orion erzählte. Er war der Klavierbegleiter eines berühmten Sängers geworden und unternahm mit ihm viele Konzertreisen in andere Städte und auch ins Ausland. Seine Frau hatte keine Langeweile, wenn er abwesend war, denn sie hatten einen Sohn bekommen, den sie Lynx nannten. Lynx ist lateinisch und bedeutet Luchs. Es ist der Name eines Sternbildes.

»Hast du schon eine Dampflok für deinen Sohn gekauft?«, fragten die alten Mitreisenden, die noch etwas Mühe mit dem seltsamen Namen des Neugeborenen hatten.

»Die muss ich nicht kaufen!«, lachte Orion. »Meine alte Lokomotive steht noch auf dem Estrich und wartet darauf, dass Lynx alt genug ist, um sie aufzuheizen. Jetzt spielt er erst einmal mit einem Minizug aus Holz.«

Bevor Orion aber dazu kam, seinen Dampfzug vom Estrich zu holen, brach der Krieg aus und auch Orion musste Soldat werden.

Als er am Tag der Einberufung seine Militärausrüstung aus dem Zeughaus abgeholt hatte, fuhr er mit dem Zug zurück in die Stadt. Alles war so traurig. Der Zug schlich langsam über die Gleise. Kein einziger Pfiff ertönte und plötzlich blieb die Lokomotive mitten auf der Strecke stehen, sodass die Wagen beinahe in sie hineingerollt wären. Die Fahrgäste rissen die Fenster auf und lehnten sich hinaus. Orion sprang aus dem Zug und rannte zum Führerhaus.

Der Lokführer hatte einen Schwächeanfall erlitten. Orion legte seine Militäruniform auf den Boden des Postwagens und vorsichtig bettete er mit Hilfe einiger Fahrgäste den Lokführer darauf.

»Kann hier jemand eine Lokomotive führen?«, rief Orion.

Es gab keinen.

»Und wo ist der Heizer?«

»Der ist Soldat.«

»Fahr du!«, riefen einige.

Orion sah, dass alle Schalthebel noch dieselben waren wie zu der Zeit, als der Lokführer sie ihm erklärt hatte. Er fasste sich ein Herz und fuhr vorsichtig an. Geklappt! Gott sei Dank! Bald kam die Weiche. Bremsen! Auch das ging gut. Orion rannte aus dem Zug. War da das Pferd? Er hatte keine Zeit zu schauen. Er stellte die Weiche Richtung Brücke. Zurück in den Zug. Signale schicken. SOS Bahn frei! Wir kommen früher.

Zehn Minuten vor der normalen Zeit keuchte die Lokomotive in den Bahnhof der Stadt. Dem Lokführer war nicht mehr zu helfen. Er war tot. Armer Lokführer!

»Mein liebster Lehrer und bester Freund«, sagte Orion.

Aber es blieb keine Zeit zu trauern. Der Bahnhofvorsteher ließ ihn rufen und fragte:

»Sind Sie Lokomotivführer?«

»Nein.«

»Wieso konnten Sie die Lokomotive dann fahren?«

»Ich bin von Kind an mit Dampflokomotiven vertraut.«

Im Raum befand sich auch ein Militäroffizier. Der Bahnhofsvorsteher redete leise ein paar Worte mit ihm.

»Sie wollten gerade ihren Militärdienst antreten?«, fragte dieser. »Ersetzen Sie den Lokomotivführer. Ab sofort.«

Mit diesen Worten war Orion entlassen.

»Ein Geschenk!«, rief er leise.

»Ein Geschenk«, sagte er auch zu seiner Frau. »Ich kann bei euch in der Stadt bleiben, ich soll den Zug führen! Jetzt darf mir nur kein Fehler passieren, keine Panne, keine Ungenauigkeit. Sonst versetzt der Offizier mich doch noch an die Front.«

So versah Orion während der Kriegsjahre zuverlässig seinen Dienst als Lokomotivführer. Vor allem musste er in zwei zusätzlich angehängten Postwagen Militärgüter und Militärpost transportieren.

Mit der Zeit rückte die Front näher.

Eines Tages wurden anstelle der Postwagen fünf Rotkreuzwagen mit Verwundeten an die Lokomotive gehängt.

»Fahren Sie bitte vorsichtig. Die Männer haben große Schmerzen«, sagte der begleitende Sanitätsoffizier.

Eines Tages nahm Orion Geräusche wahr, die nicht vom Rasseln der Räder und vom Schreien der Verletzten herrührten. Es waren deutlich Einschläge von Granaten zu hören.

Als er bei der Weiche hielt, um sie Richtung Brücke zu stellen, sah er plötzlich das Pferd. Es war schwarz, sein Fell glänzte seidig und es schüttelte leicht die Mähne. Es schien ihm etwas sagen zu wollen. Er ging dem Pferd entgegen. Es wich zurück, wandte sich weg von der Richtung, in die er gerade die Weiche hatte stellen wollen, und verschwand. Das Pferd will mich vor der Brücke warnen, dachte Orion. Er ließ die Weiche, wie sie war: talwärts.

»Warum halten Sie?«, rief der Offizier.

»Ich bin bei der Weiche«, antwortete Orion.

»Fahren Sie über die Brücke«, befahl der Offizier.

Als der Offizier merkte, dass der Zug nicht in die befohlene Richtung fuhr, konnte er Orion in seinem Führerhaus nicht mehr erreichen. Bald hielten sie in einem Vorortbahnhof nahe bei der Stadt. Schon von weitem hallte ihnen die Meldung aus dem Lautsprecher entgegen: »Die Brücke wurde vor einer halben Stunde gesprengt.«

Der Offizier kam an das Führerhaus und sagte zu Orion:

»Wissen Sie, was eine Befehlsverweigerung ist?«

»Ja«, antwortete Orion.

»Dann wissen Sie auch, dass ich Sie bestrafen muss.«

»Ja.«

Der Offizier trat ganz nahe an Orion heran:

»Aber sagen Sie, woher wussten Sie, dass die Brücke gefährlich war?«

Orion schaute verlegen auf seine Lokomotive und schwieg.

»Wir hatten wohl einen guten Schutzgeist«, sagte der Offizier. Er war froh, noch am Leben zu sein, und so verzichtete er darauf, der Sache weiter nachzugehen.

»Vielleicht werde ich dem Offizier nach dem Krieg einmal die Weiche zeigen und ihm von dem schwarzen Pferd erzählen«, dachte Orion.

Orion und seine Familie überstanden den Krieg ohne Beschädigung.

Nach dem Krieg schritt die Technik in Siebenmeilenstiefeln voran. Der Fortschritt machte auch vor der Bahn nicht Halt. Das ganze Bahnsystem wurde elektrifiziert, natürlich auch die Weichen. Die Dampflokomotive, die so viele Jahre zwischen dem Dorf und der Stadt verkehrt hatte, war nicht mehr zu gebrauchen und wurde in ihre Bestandteile zerlegt und eingeschmolzen. Eine kleine Eisenplatte vom Führerhaus war eine Zeit lang auf dem Schrottplatz liegen geblieben, dann aber plötzlich auch verschwunden.

Nach dem Krieg holte Orion seinen Dampfzug vom Estrich – er war zum Glück unversehrt geblieben – und baute ihn für seinen Sohn Lynx im Bastelkeller auf. Das Heizen und Weichenstellen schien aber ihm selber mehr Spaß zu machen als dem kleinen Lynx. Der Junge war sportbegeistert und verbrachte jede freie Minute auf dem Fußballplatz. Keine Zeit zum Eisenbahnspielen! So musste Vater Orion irgendwann die schöne Anlage wieder einpacken und auf den Estrich zurückbringen. Nun ja, sagte er sich, die Interessen der Menschen sind verschieden!

Orion bekam weiße Haare und wegen der Arthrose in den Händen spielte er nur noch selten Klavier. Er hatte die Monatszeitschrift ›Der Sammler‹ abonniert und freute sich an der Vielfalt und der Feinheit der fotografierten Spielzeugeisenbahnen.

Ab und zu erwarb er eine Lok oder ein Wägelchen auf dem Flohmarkt und platzierte sie im Wohnzimmer auf dem Büchergestell.

Eines Tages wurde sein erster Enkel geboren. Die Eltern nannten ihn Leo. Das heißt Löwe. Leo ist auch der Name eines Sternbildes. Da die Eltern berufstätig waren, hatten sie wenig Zeit für Leo und er kam oft zu den Großeltern und spielte mit der Katze Gotschola oder begleitete den Großvater, wenn er seinen Pudel Armin spazieren führte. Mit Interesse betrachtete Leo auch die ausgestellten Eisenbahnen auf den Regalen und Großvater Orion bemerkte mit Freude, wie viel Vergnügen es dem Kleinen machte, wenn er ihm eine Lok in die Hand gab. Jetzt kam endlich auch die alte Dampflok wieder zu Ehren. Manche Flasche Brennsprit wurde verbraucht, um die Lok zum Dampfen zu bringen, und der Großvater erzählte dem Enkel die wunderbarsten Geschichten.

Einmal ging Leo mit dem Großvater auf den Flohmarkt. Sie kamen zu einem Stand, der voll gepackt war mit Eisenbahnen. »Schau, die schwarze dort mit den rot eingerahmten Fenstern«, rief Leo, »die gefällt mir.«
    Großvater Orion nahm die Bahn in die Hand.
    Plötzlich stockte sein Atem – am Führerhaus stand in goldenen Lettern die Nummer AB–1110–25–1!

»Die Bahn kann ich Ihnen ganz günstig verkaufen«, sagte der Händler. »Es ist ein Spur-1–Zug. Sehen Sie die 1 am Ende der Nummer? Für Sammler steht eine Privatanfertigung nicht sehr hoch im Kurs. Sie suchen Marken wie Märklin oder Bing; aber wenn man die Bahn unabhängig von diesen Kriterien betrachtet, muss man zugeben, dass sie sehr gut gearbeitet ist, wirklich ein kleines Meisterwerk!«

»Wissen Sie, woher die Eisenbahn kommt?«, fragte Orion.

»Ich bin nicht sicher«, antwortete der Mann. »Ich habe alle diese Dinge miteinander aus einem Nachlass erworben. Ein früherer Besitzer soll ein Engländer gewesen sein.«

Großvater Orion kaufte die Bahn.

Beim Nachhauseweg fragte Leo, ob die Zugnummer aus echtem Gold sei.

Der Großvater sagte: »Vielleicht ja. Für mich ist die Nummer aber nicht so spannend, weil sie aus Gold sein könnte, sondern weil sie identisch ist mit der Nummer des Zuges, in dem ich während des Krieges Lokführer war. Schau, diese kleine Bahn ist eine genaue Nachbildung meines ehemaligen Dampfzuges! Welcher Zufall, dass wir sie gefunden haben!«

Zu Hause gab Orion der neuen Eisenbahn einen Ehrenplatz auf dem Büchergestell. Es wurde ihm ganz warm ums Herz, wenn er die Lokomotive in die Hand nahm. Wer mag diese Bahn gebaut haben? Es muss jemand gewesen sein, der den Originalzug kannte. Ob der alte Engländer vielleicht etwas damit zu tun hatte?

Als der Großvater 80 Jahre alt wurde, war Leo bereits ein Teeny, der mit heißen Wangen schöne Briefbögen voll schrieb. Um ein passendes Geschenk für den Großvater zu finden, ging er auf den Flohmarkt. Er musste mehrere Samstage investieren, bis er fündig wurde. Schließlich entdeckte er einen alten Katalog von einer Eisenbahnauktion in London. Er staunte nicht schlecht, als er darin einen Dampfzug mit der Nummer AB-1110-25-1 abgebildet sah. Daneben stand folgender Text auf Englisch, den er ohne Probleme ins Deutsche übersetzen konnte:

Dieser Spur-1-Zug hat eine interessante Entstehungsgeschichte. Der erste Besitzer, Sir William Finigan, ließ ihn vom Spielzeugbauer Hannes Müller in Freienberg bauen. Der Zug ist ein perfekter Nachbau der Dampfbahn Altental-Freienberg, die vor und während dem Zweiten Weltkrieg je nach Zeitumständen neben Lokomotive und Tender Postwagen, Personenwagen oder Rotkreuzwagen führte. Sir Finigan leistete sich den Aufwand, aus einem Eisenstück der Dampfbahn, das er auf einem Schrottplatz gefunden hatte, Weißblech für diese Spielzeugeisenbahn herstellen zu lassen, weil die Bahn Altental-Freienberg für ihn ›keine gewöhnliche Bahn‹ war.

Großvater Orion war sehr bewegt, als sein Enkel Leo ihm den Katalog zum Geburtstag überreichte. Nicht nur, weil Leo sich so viel Mühe gegeben hatte, ein besonderes Geschenk für ihn zu finden, sondern weil ihm plötzlich bewusst wurde, dass er, wenn er die schwarze Spielzeugeisenbahn mit den roten Fensterrahmen in die Hände nahm, seine alte geliebte Dampflok wieder berührte.

Der Große Gott und der Kleine Gott

Vor vielen hundert Jahren gab es in Japan hinter den hohen Bergen ein kleines Dorf, das mit einem sehr fruchtbaren Boden gesegnet war. Die Dorfbewohner pflanzten Reis, Gemüse, Obstbäume und wunderschöne bunte Blumen, und weil sie sich jedes Jahr an einer reichen Ernte erfreuen konnten, lebten sie zufrieden und glücklich und gaben ihrem Dorf den Namen Ort der Fülle.

Auch der Große Gott hatte sich den Ort der Fülle zum Wohnsitz gewählt.
Die Dorfbewohner nannten ihn Großer Gott, weil er eine riesige Gestalt besaß und eine sehr laute Stimme. Sein Lachen – und er lachte oft – schallte durch das ganze Dorf und über den Hügel und das Tal. Die Dorfbewohner verehrten den Gott, auch wenn sie sich manchmal heimlich einen Wattebausch in die Ohren stopften, weil ihr ganzer Kopf vom Lachen des Großen Gottes dröhnte. Sein riesiger Körper verstrahlte zudem ein gleißend helles Licht. Wenn jemand von dem Licht getroffen wurde, war er für lange Zeit geblendet, aber niemand floh vor den hellen Strahlen, denn man glaubte, das Licht mache mutig und weitsichtig und stark.

Der andere Gott, der sich im Ort der Fülle niedergelassen hatte, war von den Dorfbewohnern lange Zeit gar nicht wahrgenommen worden, denn er war so klein, dass er auf einer Handfläche stehen konnte. Deswegen nannten die Dorfbewohner ihn den Kleinen Gott. Obwohl der Kleine Gott immer gut gelaunt und zu Späßen aufgelegt war, hörte man ihn nicht lachen. Er lächelte freundlich und zwinkerte mit den Augen. Sein göttliches Licht schien er nach innen zu nehmen, wenigstens sah man keine Strahlen von ihm ausgehen. Ursprünglich hatten die Kinder den Kleinen Gott entdeckt. Als sie einmal auf der Wiese Ball spielten, hörten sie plötzlich wunderbar zarte Töne wie von einer Windharfe.

»Er war ganz hell und schnitt uns lustige Gesichter«, berichteten sie später ihren Eltern. »Auch ein Märchen hat er uns erzählt«, sagten sie. Das Märchen war eigentlich ein Lied ohne Worte, aber Kinder verstehen auch Götterlieder ohne Worte.

Die Bewohner des Ortes der Fülle bauten eine weiträumige Tempelanlage für den Großen Gott und opferten ihm täglich zwei bronzene Tiegel voll Reis und Gemüse. Von dem vielen guten Essen wuchs er noch mehr und sein Bauch wurde immer dicker. Da sie ihm auch jedes Mal ein Fässchen Reiswein auf seinen Gabentisch stellten, lachte und lachte und lachte er und schickte seine Strahlen bis in die fernsten Ecken des Tales.

Die Bewohner hatten sich angewöhnt, genauso zu lachen wie ihr Großer Gott – natürlich nicht so laut wie er; aber bei jeder Gelegenheit, und auch wenn sie mit ihren Karren voll Reis, Gemüse und Wein in die Nachbardörfer zogen, um ihre Waren zu verkaufen, lachten sie. Die Nachbarn konnten gar nicht verstehen, wie man so viel lachen konnte, und jedes Mal wenn sie die Leute vom Ort der Fülle den Berg hinabsteigen sahen, riefen sie: »Die Lacher vom Gaudidorf kommen!«

Den Kleinen Gott hatten die Dorfbewohner – abgesehen von den Kindern natürlich – inzwischen ganz vergessen. Er hatte keinen Tempel und keine Opfergaben von ihnen verlangt und begnügte sich mit den Resten vom Tisch des Großen Gottes.

Der Große Gott blickte voll Verachtung auf den Kleinen Gott und sagte:

»Warum machst du es nicht wie ich und präsentierst dich in göttlicher Größe und Pracht? Du kannst ja nicht einmal ein Mäusebaby glücklich machen!«

Der Kleine Gott antwortete nichts und lächelte nur.

Auf einmal hörte es im Ort der Fülle auf zu regnen. Der fruchtbare Boden wurde hart und rissig. Die Blüten welkten, die Pflanzen trockneten aus und das Land verwandelte sich in eine Wüste. Die Dorfbewohner waren sehr besorgt. Sie gingen zum Großen Gott und baten ihn, doch endlich einen kräftigen Regen zu schicken. Der Große Gott streckte seinen dicken Bauch heraus und lachte; aber kein Regentropfen fiel. Auf einmal tat sein Lachen ihnen weh im Herzen. Sie selber hatten schon lange nicht mehr gelacht.

Trotzdem gingen sie noch einmal zum Großen Gott und wiederholten ihre Bitte. Wieder lachte er und rief: »Glaubt ihr vielleicht, ich sei ein Regenmacher? Geht doch zur Mutter Erde, wenn ihr Regen wollt.« In ihrer Not versuchten die Dorfbewohnen auch dies. Aber keine Mutter Erde war zu finden. Sie hatte sich, als das Lachen im Dorf ihr zu laut wurde und die ständige helle Lichtbestrahlung sie ermüdete, in eine felsige Höhle zurückgezogen und war in tiefen Schlaf gefallen.

Im Dorf brach eine Hungersnot aus und auch die Bronzetiegel und das Reisweinfässchen des Großen Gottes mussten leer bleiben. Dem Großen Gott passte das Hungern aber gar nicht. Er hörte auf zu lachen und mit seiner schlechten Laune verlor auch sein Strahlen an Glanz. Schließlich wurde er zornig und begann auf den Boden zu stampfen und die Häuser und Brücken und sogar seinen eigenen Tempel zu zerstören. Die Dorfbewohner zitterten vor Angst, aber niemand konnte die Gewalt des Großen Gottes bremsen.

In ihrer Not erinnerten sich die Menschen an den Kleinen

Gott. Vielleicht konnte er den Großen Gott zur Besinnung bringen. Aber bevor der ein Wort sagen konnte, gab der Große Gott dem Baum, auf dem der Kleine Gott wohnte, einen Tritt, sodass der Baum mitsamt seinem Bewohner wie ein riesiger Fußball durch die Luft flog und im Dorfteich landete. Zehn Meter hoch spritzte eine Fontäne aus Wasser und Schlamm.

»Das war's!«, sagte der große Gott und verschwand. Er hinterließ ein zerstörtes, unfruchtbares Dorf, über das jetzt auch noch die Dunkelheit hereinbrach.

Der Kleine Gott stieg indes mühsam aus dem Wasser. Man sah ihn zuerst gar nicht, denn er war ganz mit Schlamm bedeckt. Aber auf einmal war da ein kleiner, heller Punkt.

»Das ist der Kleine Gott«, riefen die Kinder. »Und was für lustige Fratzen er schneidet!« Unter dem schwarzen Schlamm sah das Blinzeln und Zunge-Heraus-strecken und Naserümpfen wirklich sehr lustig aus. Die Kinder hatten trotz ihrer leeren Bäuche einen Riesenspaß und auch den Erwachsenen huschte ein Lächeln über die mager gewordenen Gesichter.

Der Kleine Gott ging zum Hügel. Er kletterte auf den Baum, der schon seit Urväterzeiten dort stand, und richtete sich auf den höchsten Ästen seine Wohnung ein.

Und auf einmal begann er zu leuchten. In der jetzt herrschenden Dunkelheit sahen die Bewohner ein kleines goldenes Licht. Es erfüllte ihre Herzen mit Wärme und Hoffnung. Sie gingen zum Baum des Kleinen Gottes und sagten:

»Bitte, Kleiner Gott, gib uns deine Kraft und hilf uns, unser Dorf wieder aufzubauen und unsere Felder neu zu bestellen. Aber wir haben kaum noch Reis und können die bronzenen Opfertiegel nicht für dich füllen.«

»Das ist auch nicht nötig«, sagte der Kleine Gott. »Ein Reiskorn pro Tag genügt.« Als er das gesagt hatte, sprang er von seinem Baum in den Himmel. Sein goldenes Licht überzog den ganzen Horizont und tauchte auch das Dorf in seinen goldenen Schein.

Und, o Wunder, es begann zu regnen. Mutter Erde war aufgewacht und freute sich an der Ruhe und dem sanften, warmen Licht. Der rissige Boden wurde wieder zum fruchtbaren Erdreich, in das die Dorfbewohner Reis, Gemüse, Obstbäume und schöne bunte Blumen pflanzten, die prächtig gediehen. Schon bald war das Dorf wieder zum Ort der Fülle geworden und seine Bewohner freuten sich an ihrem Wohlstand.

Den Kleinen Gott vergaßen die Dorfbewohner nie mehr. Jede Familie baute für ihn einen Schrein im eigenen Haus, auf dem sie täglich ein Reiskorn zu Ehren des Kleinen Gottes verbrannten. Wenn Fremde vom Hügel herunter in das Dorf stiegen, sahen sie aus jedem Haus ein Licht hervorschimmern. Und manch einer behauptete, auch im Baum auf dem Hügel ein goldenes Flämmchen gesehen zu haben.

Den Baum auf dem Berg nannten die Bewohner übrigens Sakura. Das bedeutet: der Baum, auf dem der Gott saß. Auf Deutsch übersetzt heißt Sakura Kirschbaum.

Vier Millionen Knoten

Wie jeden Abend absolvierte Gallus Georgiu sein Laufprogramm, um für den Marathon fit zu sein, der diesmal auf einem schwierigen hügeligen Weg durch das Oberland führen würde. Er war kein professioneller Sportler, sondern Mitarbeiter in einer großen Handelsfirma. Mit dem sportlichen Training versuchte er Körper und Geist für seine anspruchsvolle Arbeit fit zu halten.

Er lief auf einem leicht ansteigenden Weg an einem Bahndamm vorbei und ließ die Erlebnisse des heutigen Tages noch einmal an sich vorbeiziehen. Es war ein bemerkenswerter Tag gewesen, an dem sich eine Chance gezeigt hatte, die, wenn er sie ergriffe, sein Leben in eine ganz andere Richtung lenken könnte. Sein Chef, Heini Markwart, hatte ihm angeboten, in Kalistan zusammen mit einem kalistanischen Unternehmen einen Teppichhandel aufzubauen. Die Teppiche waren nach Aussage des Chefs außergewöhnlich schön und dazu noch niedrig im Preis. Georgiu sollte nach Kalistan reisen, dort eine Geschäftsbeziehung anbahnen, die einzelnen Stücke auswählen und den Versand organisieren. Man habe ihn für die Aufgabe ausgewählt, weil er der dynamischste Mitarbeiter der ganzen Belegschaft sei und über einen besonders sensiblen Geschmack verfüge. Das Land sei zwar politisch nicht ganz stabil, aber der Schutz der Botschaft intakt und sein tägliches Leben komfortabel eingerichtet. Zudem stellte der Chef ihm bei Geschäftsabschluss einen sehr guten Verdienst in Aussicht.

Ein verlockendes Angebot! Mit dem Geld würde er endlich den Umbau seines alten Bauernhauses finanzieren können. Er war sicher, dass auch seine Frau Helena einverstanden sein würde. Sie war abenteuerlustig wie er und ebenso weltoffen.

Vielleicht hing das damit zusammen, dass sie beide aus gemischten Elternhäusern stammten. Ihre beiden Väter waren Griechen und ihre Mütter Schweizerinnen. Nationalistisches Denken war nie ein Thema für sie gewesen.

Obwohl also alles vielversprechend aussah, wollte sich bei Gallus keine Begeisterung einstellen. Er wusste nicht warum. Er hatte den Chef um eine Bedenkzeit und ausführliche Unterlagen zum Projekt gebeten, die er sorgfältig studieren wollte. Er würde zudem einen Kalistaner kontaktieren, um sich einige Muster der kalistanischen Teppichkunst vorstellen zu lassen.

Das Training hatte Gallus heute sehr erschöpft. Der Schweiß lief ihm über den Rücken und vor seinen Augen flimmerte es. Zum Glück stand in der unmittelbaren Nähe eine Bank, auf der er sich einen Moment ausruhen konnte. Die Sonne ging langsam unter und in der aufkommenden Dämmerung öffneten die Nachtkerzen, mit denen der ganze Hang übersät war, ihre hellgelben, stark duftenden Blüten.

Auf einmal sah Gallus eine Bewegung zwischen den Nachtkerzen. War das eine Fehlleistung seines überanstrengten Hirns?

Nein, da war wirklich etwas Helles, das im Mondlicht glänzte oder flackerte. Er glaubte, in ein Gesicht mit streng blickenden Augen zu schauen. Dann nahm er die Konturen eines Tierkörpers und einen starken Wildgeruch wahr. Ein Hund? – Wohl eher ein Wolf! Aber ein Wolf hier mitten in der Stadt? Unmöglich! Das Tier war auch größer als ein normaler Wolf. Es fixierte ihn mit Augen, die wie Menschenaugen waren, seine Ohren wuchsen nicht oben spitz aus dem Kopf wie bei einem Wolf, sondern waren oval und seitlich hinter dem Gesicht angesetzt wie beim Menschen.

Plötzlich hörte Gallus ein Knurren, das ihn noch mehr erschreckte als der wilde Blick und der Geruch des Wolfwesens. Er wollte aufspringen, aber er konnte sich nicht rühren. Auf einmal begann das Wesen zu sprechen:

»Du musst keine Angst vor mir haben; ich bin ein Werwolf, aber ich fresse kein Menschenfleisch mehr. Fleisch und Blut brennen in meinem Mund und verletzen mich wie glühendes Eisen. Ich habe furchtbaren Hunger, aber ich kann nichts zu mir nehmen. Ach, wäre dieses Dasein endlich überwunden!«

Gallus rief mit energischer Stimme, als wollte er das Wesen bannen: »Sage mir, wer du bist!«

Die Antwort kam in ebenso strengem Ton: »Dann höre mir zu und bewege dich nicht von der Stelle!«

In verständlicher Diktion sprach der Werwolf weiter:

»Ich war einmal ein reicher Mann und Chef einer paramilitärischen Organisation. Ich verfügte über eine immense Machtfülle.«

»Über mich wirst du keine Macht erhalten«, dachte Gallus mutig, auch wenn es ihn verunsicherte, dass da ein Wesen in Wolfsgestalt formulierte wie einer, der das Befehlen gewohnt ist.

»Und ich besaß eine charismatische Persönlichkeit«.

»Du!?«, entfuhr es Gallus.

»Ja, ich! Die Menschen folgten mir wie eine Herde Lämmer.«

Gallus hatte das Gefühl, als würden die Gedanken in seinem Kopf immer wilder übereinander springen. »Er spricht wie ein Mensch. Er stinkt wie ein Raubtier. Er gebraucht Wörter wie ein Intellektueller. Oh, dieses Knurren!«

»Wenn jemand gegen mich war«, fuhr der Werwolf fort, »musste ich nur sagen, ›er gefällt mir nicht‹, und er verschwand vom Erdboden. Das Leben war leicht für mich. Reiche Leute gaben mir Geld, um mit meiner Hilfe ihren Fanatismus auszuleben. – Hast du Kinder?«, wendete er sich unvermittelt an Gallus.

Ohne dessen Antwort abzuwarten, fuhr er fort: »Ich hatte fünfzig Söhne und zwei Töchter. Sie lebten wie ich im Luxus. Was sie nicht bekamen, nahmen sie sich mit Gewalt.«

Der Werwolf knurrte in sich hinein und mit einem heiseren Unterton in der Stimme fuhr er fort:

»Eines Tages hörte ich, wie eine Frau mich verfluchte: ›Er lässt unsere Söhne in sinnlosen Angriffsaktionen hinmetzeln und schändet unsere Töchter. Die Hölle möge ihn verschlucken!‹ Ein blinder alter Mann sagte: ›Es ist schlimm, sehr schlimm; aber die Vergeltung steht vor der Tür. Gott wird ihn strafen, wie Zeus den Lykaon strafte.‹

Die Frau ließ ich sofort töten, den Alten befragte ich zuerst nach der Strafe des Zeus, bevor ich ihn neben ihr aufzuhängen befahl.

›Zeus‹, hatte der blinde Alte gesagt, ›verwandelte den Lykaon in einen Wolf.‹ Während ich noch darüber nachdachte, wofür Lykaon die Strafe erhalten hatte, nahm ich mit Entsetzen wahr, wie meine Füße und Hände zu Wolfsfüßen wurden, wie mein Körper sich behaarte und mein Unterkiefer sich nach vorne schob, bis mir anstelle meines Mundes eine Schnauze gewachsen war. Ich spürte einen quälenden Hunger auf Menschenfleisch, und ein ungeheurer Bewegungsdrang erfasste mich. Ich musste laufen, laufen, laufen. Ich spürte meine Opfer auf, zerriss sie und fraß sie.«

Gallus fühlte das Grauen in sich hochsteigen und musste doch zuhören.

»Es gibt Werwölfe, die nur für kurze Zeit in ihre Wolfsgestalt verbannt sind. Sie können sich mithilfe einer Kräutersalbe in ihren menschlichen Körper zurückversetzen. Ich jagte einem solchen Werwolf die Salbe ab; aber soviel ich davon auch aufstrich, bei mir wirkte sie nicht. Ich blieb an meine wölfische Existenz gefesselt. Mit der Zeit realisierte ich, dass meine Strafe die härtestmögliche ist: ich muss für ewig ein Wolf bleiben.«

»Wurden deine Söhne auch zu Wölfen?«, fragte Gallus.

»Ja«, antwortete der Werwolf und ließ ein schreckliches Heulen vernehmen. »Es ist schlimm für mich, dass auch meine Söhne in wilde Bestien verwandelt worden sind. Das Allerschlimmste aber ist, dass sie dazu verdammt sind, zu glauben, dass sie in ihr paradiesisches Traumleben zurückkommen können, wenn sie mich fressen. – Da sind sie schon wieder, hörst du sie?«

Tatsächlich glaubte Gallus einen lang gezogenen Laut in der Luft zu vernehmen. Die Vorstellung, einem kannibalischen Fressen beiwohnen zu müssen, war ihm unerträglich. Trotzdem sagte er: »Dann wirst du sterben und von deinem Leiden erlöst sein, wie du es dir wünschst.«

Der Werwolf, der sich unter den höheren Büschen der Nachtkerzen zu verstecken versuchte, spuckte aus und sagte mit Verachtung: »Du begreifst überhaupt nichts. Du verstehst die Art meiner Strafe nicht. Ich habe dir doch gesagt, dass ich nicht sterben kann! Ganz gleich, ob ich von meinen Söhnen gefressen werde, was schon mindestens hundertmal geschehen ist, oder ob ich vor Hunger meinen Bauch mit Steinen fülle, bis ich auseinander breche, ich werde immer wieder in dasselbe qualvolle Dasein zurückgeworfen – bis in alle Ewigkeit. Immer wieder die seelische Qual bei der Vorstellung, von den eigenen Kindern gefressen zu werden – und immer wieder die körperliche Tortur. Kannst du dir vorstellen, wie schrecklich das ist?«

Gallus fühlte unwillkürlich Mitleid mit dem Werwolf und vergaß für einen Augenblick, welches Scheusal er als Mensch gewesen war.

»Wenn ich in diesem Nachtkerzenfeld liege, spüre ich ein wenig Linderung«, flüsterte der Werwolf und fuhr mit festerer Stimme fort: »Nachtkerzen gelten als Unkraut und in meinem Leben als Mensch ertrug ich nichts, das nicht edel und teuer war; aber dieses Unkraut wirkt wohltuend auf meine kranke Seele.

Ach, würde Gott mir verzeihen und mir eine neue Chance geben! Ich würde mir wünschen, wie eine dieser Nachtkerzen zu wirken. Ein einfacher Mensch möchte ich sein und mir Wissen und Reife erwerben, um den Zukurzgekommenen zu helfen.«

Nach einer Pause sagte er noch:

»Wenn du Menschen antriffst, die so leben, wie ich es tat, habe Mitleid mit ihnen!« Und dann verschwand er.

Gallus rieb sich verwirrt die Augen. Die Nachtkerzenblüten waren ruhig gegen den aufgehenden Mond geöffnet. Er erhob sich langsam und begab sich in gemäßigtem Lauf nach Hause. Die seltsame Vision machte ihm zu schaffen. Er wusste nicht, was er davon halten sollte. Wahrscheinlich war er kurz eingeschlafen und hatte einen Albtraum gehabt. Aber einen so deutlichen, detaillierten Traum?

Beim Abendessen war er zerstreut. Er dachte an die Akten des Chefs und die von ihm erwartete Zusage in der Kalistan-Geschichte.

Auf einmal fragte ihn seine Frau, die gerade eine Lektion für den Geschichtsunterricht vorbereitet hatte: »Wusstest du, dass es neben den Hexenprozessen auch Werwolfprozesse gegeben hat?«

Gallus zuckte zusammen: »Werwolfprozesse?«

»Ja, Anfang des 17. Jahrhunderts. Man verdächtigte Männer, die sich nicht ganz gleich aufführten wie alle anderen, im Bund mit dem Teufel zu stehen und im Zustand der Besessenheit Kinder zu töten.«

»Das wusste ich nicht«, sagte Gallus. »Da der Werwolfmythos offenbar einen religiösen Hintergrund hat, gab es sicher auch ein Rezept für die Erlösung der Werwölfe.«

»Natürlich! Die Leute glaubten, man müsse Mitleid mit den

Besessenen haben, sich ihre Lebensgeschichte erzählen lassen und dann laut ihren Namen aussprechen.«

»In der griechischen Mythologie gab es doch einmal einen gewissen Lykaon, der etwas mit einem Wolf zu tun hatte«, sagte Gallus.

»Gut, dass du mich an ihn erinnerst! Man könnte ihn einen Werwolf aus mythischen Zeiten nennen. Er war König von Arkadien, der einen Zeuskult mit Menschenopfern aufbaute und einmal den Zeus erzürnte, weil er ihm, um seine Göttlichkeit zu prüfen, das Kind Arkas als Speise vorsetzte. Zeus verwandelte ihn in einen Wolf. Auch seine Söhne hat Zeus bestraft. Sie wurden vom Blitz getötet oder – nach einer anderen Quelle – ebenfalls in Wölfe verwandelt.«

»Ach ja, jetzt kommt es mir wieder in den Sinn«, sagte Gallus, »in der Schule haben wir diese Geschichte in den Metamorphosen des Ovid gelesen.«

Für Helena war es nichts Besonderes, dass Gallus sich nach dem Abendessen noch in sein Arbeitszimmer zurückzog. Diesmal verließ er aber schon bald das Haus. »Ich brauche kompetente Hilfe«, rief er ihr noch zu. Er kam mit einem Stoß Zeitungen und einem Buch unter dem Arm zurück, und Helena sah noch lange Licht in seinem Zimmer.

Als Gallus am nächsten Morgen zur Firma ging, warf er im Vorbeigehen einen kurzen Blick in das frisch eingerichtete Schaufenster des Buchladens, in dem man für neu erschienene Bücher warb. Diesmal trug das zentrale Buch, um das die anderen angeordnet waren, den Titel: ›Die Wölfe kommen zurück‹. »Es hätte gerade noch gefehlt«, dachte Gallus, »dass das Thema geheißen hätte ›Die Werwölfe kommen zurück‹.«

Kaum hatte Gallus sich an seinem Schreibtisch eingerichtet, als der Chef ihn rufen ließ. Der Händler aus Kalistan war gekommen, ein sorgfältig gekleideter, schlanker Mann im mittleren Alter, der fehlerfrei Deutsch sprach. Mit großer Fachkenntnis führte er seine kleine, aber erlesene Teppichkollektion vor. Die Teppiche waren alle von beeindruckender Qualität. Die meisten zeigten Persermuster, einige waren aber auch Seidenteppiche mit floralem Design und ein weiterer Teppich war von Farbe und Zeichnung her auf den ersten Blick nicht einzuordnen.

»Alle unsere Teppiche zeichnen sich durch höchste Knotendichte aus«, sagte der Händler stolz. »Dieser Seidenteppich hat vier Millionen Knoten.«

Der Chef war begeistert. »Unsere anspruchsvollen Käufer werden von weit her kommen«, sagte er.

»Ja«, doppelte Gallus nach, »sie werden viele Kilometer laufen und sich über die Teppiche stürzen wie über ein saftiges Stück Fleisch.« Der Chef schaute Gallus befremdet an, aber er schwieg und überließ ihm die Führung des Gesprächs.

»Woher kommen die Teppiche?«, fragte Gallus.

»Aus Alore«, sagte der Händler und er nannte den Namen seiner Firma. »Unsere Firma ist der bekannteste Verband von Teppichknüpfern in unserem Land.«

»Das ist mir bereits bekannt«, sagte Gallus, »ich wollte wissen, wer die Teppiche herstellt.«

»Unsere Teppiche werden von den renommiertesten Teppichdesignern unseres Landes entworfen.«

»Das kann man sich denken, wenn man die schönen Teppiche betrachtet; aber ich wollte ganz einfach wissen: Wer macht die Basisarbeit? Verstehen Sie? Wer knüpft die Teppiche?«

»Unsere Teppiche werden in Heimarbeit hergestellt, von den geübtesten Teppichknüpfern unseres Landes.«

»Und diese geübten Teppichknüpfer«, sagte Gallus, »sind Kinder, nicht wahr?«

Ein kurzes Erschrecken ging über das Gesicht des Händlers. Dann sagte er mit kalter Verachtung: »In unserem Land ist Kinderarbeit verboten.«

Gallus: «Sehr gut! Da also in dieser Beziehung alles regelkonform in Ihrem Land verläuft, wird es erlaubt sein, die Knüpfer bei ihrer Arbeit zu besuchen.«

Der Händler wurde blass. Er bat, telefonieren zu dürfen. Er richtete einige leise gesprochenen Sätze an seinen Telefonpartner, der so laut antwortete, dass man alles hätte verstehen können, wenn man des Kalistanischen mächtig gewesen wäre. So viel aber war klar, dass der Partner am anderen Ende barsch seine Befehle durchgab und der Händler sie gehorsam aufnahm. Der Händler richtete sich mit einer höflichen Verbeugung an Markwart und sagte: «Mein Chef wird die detaillierten Fragen von Herrn Georgiu gerne mit Ihnen, Herr Dr. Markwart, persönlich besprechen.«

Gallus sagte. »Nun gut, mögen die detaillierten Fragen, wie Sie es nennen, Chefsache werden. Darf ich Sie noch um eine spezielle Auskunft zu diesem wunderschönen roten Teppich mit den gegenständlichen Bildmotiven bitten?«

Der Händler fühlte sich wieder gefordert und sagte eifrig: »Natürlich, was darf ich Ihnen erklären?«

»Ist es wahr, dass man in den nicht so häufigen Bilderteppichen Ihres Landes Motive aus Mytholgie und Religion verarbeitet?«

»Ja, das stimmt. Auf diesem Teppich zum Beispiel sind Wölfe dargestellt, ein ausgewachsener Wolf und junge Wölfe. Der Wolf ist bei uns das Sinnbild für Kraft und Freiheit.«

»Ach ja?«, entgegnete Gallus in fragendem Ton. »In unseren Märchen hat der Wolf immer etwas Bedrohliches. Ich dachte, bei Ihnen werde der Wolf auch als dämonisch bezeichnet. Aber Sie wissen das sicher besser als ich. – Gestatten Sie mir bitte noch eine andere Frage: Ich habe gelesen, dass die Nomaden früher in ihren Teppichen auch Botschaften übermittelten. Gibt es auf diesem Teppich eine Botschaft?«

»Ich glaube nicht«, sagte der Händler vorsichtig.

»Und diese Zeichen unten am Rand?«

»Das ist wahrscheinlich die Signatur des Künstlers.«

Er lügt, dachte Gallus. Laut sagte er: «Ich spreche Ihre Sprache leider nicht; aber ich habe mir bei einem anderen Anlass dieselben Buchstaben von einem Fachmann übersetzen lassen. Sie sind der Schlüssel zum Namen eines mächtigen Terroristenführers. Ibn Battuta – sagt Ihnen das etwas? Nicht? Er war doch ein berühmter Seefahrer, der im 14. Jahrhundert die ganze Welt bereist hat, der orientalische Bruder unseres Marco Polo. Und diesen Namen, so sagte mir der Experte, hat ein in Ihrem Land berühmter und im Ausland berüchtigter Mann sich als symbolträchtigen Decknamen gewählt.«

»Für solche Detailfragen möge Herr Dr. Markwart meinen Chef um Auskunft ersuchen. Ich bin leider überfragt.«

Der Händler war froh, dass Markwart ihn entließ.

»Georgiu, auf ein Wort bitte!«, sagte der Chef zu Gallus.

Was ist in Sie gefahren, Georgiu? Was sollte die Fragerei?«

»Ich wollte Ihnen demonstrieren«, antwortete Gallus, »warum ich Ihren Auftrag, dieses Kalistangeschäft anzubahnen, nicht annehme. Die Firma, die der Händler uns vorgestellt hat, ist trotz oder wegen ihrer glatten Fassade ganz sicher an üblen Machenschaften beteiligt. Kinderarbeit ist das Thema Nummer eins.«

Der Chef wurde ärgerlich: Es ist nicht unsere Aufgabe, die Ungerechtigkeiten der ganzen Welt zu korrigieren.«

»Nein, das können wir nicht«, sagte Gallus, »aber wir müssen auch nicht zur Erstarkung der gefräßigsten Wölfe dieser Welt beitragen. Ich habe mich von einem Kenner des Themas orientieren lassen. Wenn in einem Land die Kinderarbeit nicht verboten ist, bedeutet das nicht, dass es sie dort nicht gibt. Mit Kindern, die in Heimarbeit ihre Teppiche knüpfen, unterläuft man die Kontrolle. Man gibt den Eltern, die in unvorstellbarer Armut leben, einen Kredit und nimmt dafür die Kinder in Schuldknechtschaft. Die Kinder müssen arbeiten, bis sie den Kredit abverdient haben. Kinder sind wichtig für die Fabrikation, weil sie fleißig und willig sind. Mit ihren kleinen Händen können sie die winzigen Knoten knüpfen, die zur Herstellung unserer feinen Seidenteppiche nötig sind. Ihre Mütter müssen währenddessen in 80 Grad heißem Wasser mit bloßen Händen die Kokons der Seidenraupen einweichen.«

»Woher wissen Sie das?«, frage Markwart.

»Es gibt Organisationen, die sich dafür engagieren, die Lage der Kinder und ihrer Eltern zu verbessern.«

»Dann sollte man ja der Sache nachgehen!«, sagte Markwart in dem ihm eigenen freundlich-unverbindlichen Ton. »Aber sagen Sie mir noch, warum Sie den Händler wegen der ominösen Schriftzeichen auf dem Wolfteppich so in die Enge zu treiben versuchten.«

»Ich wollte wissen, ob der Händler lügt, und das tut er. Ich bin sicher, dass die Teppichknüpfer manchmal Botschaften in ihren Erzeugnissen übermitteln, auch wenn der Händler das leugnet.«

»Was heißt ›leugnet‹?«, sagte Marquart unwillig. »Er wusste es nicht. Er ist schließlich kein Mythologieprofessor! Er ist Teppichverkäufer!«

»Der Wolfteppich enthält ganz sicher eine Botschaft«, fuhr Gallus unbeirrt fort. »Die Kinderarbeiter leben in demütigender Not und träumen von dem Paradies, das ein Fanatiker ihnen verspricht. Dieser besitzt Charisma und die Menschen folgen ihm wie eine Herde Lämmer. Während die Kinder täglich zwölf Stunden an ihren Webstühlen arbeiten und vor Rückenschmerzen aufschreien, nehmen sie begierig seine Hasspredigten und seine Paradiesversprechungen in sich auf. Alles, was er lehrt, wird für sie zum Evangelium. Einige fliehen und setzen überall in der Welt lebendige Feuerzeichen. Die, welche durch die Schuldknechtschaft ihrer Familien an die Webstühle gefesselt sind, weben den Namen ihres Abgotts in die Teppiche, sei es auch nur, um ihm ihre Verehrung und Gefolgstreue zu zeigen. Die für den Export bestimmten Teppiche erhalten natürlich nicht den originalen Namen des Terroristenchefs, sondern nur den Decknamen, der aber auch nicht harmlos ist. Ibn Battuta, der die ganze Welt bereist hat, steht für das Ziel des terroristischen Kampfes, das Weltherrschaft heißt. Ein Teppich wie dieser Wolfteppich ist eine gefährliche Bombe.«

»Wenn Sie die Sache so sehen, Georgiu, dann können Sie den Auftrag natürlich nicht annehmen«, sagte Marquart spitz. »Ich wünsche Ihnen einen guten Abend.«

Gallus beschloss, Helena zum Nachtessen in ein schönes Restaurant zu führen, zum Trost dafür, dass der Traum vom Umbau ihres Bauernhauses sich vorläufig nicht würde realisieren lassen.

Vorher absolvierte er aber noch sein kleines Abendtraining. Er lief am Bahndamm vorbei. Die Sonne ging langsam unter und in der aufkommenden Dämmerung öffneten die Nachtkerzen ihre stark duftenden Blüten. Plötzlich eine Bewegung zwischen den Nachtkerzen, begleitet von einem lang gezogenen Heulen. Der Werwolf war wieder da! Gallus blieb stehen, richtete sich zu voller Größe auf und rief mit starker Stimme: »Ibn Battuta, verschwinde!«

Sofort wurde es ruhig und die Nachtkerzen waren still gegen den Mond gerichtet. Nur in der Luft glaubte Gallus das gepresste Pfeifen der Werwolfsöhne zu hören. Aber nach einer Weile verebbte auch dies. Mit dem Verschwinden des alten Werwolfs hatten die jungen Werwölfe das Ziel ihrer Rache verloren.

Vielleicht begriffen sie, dass sie die Chance für eine Neugestaltung ihres Lebens erhielten.

Besuch im Nachtkerzengarten

Lotos ist ein junger Physiker, der schon sehr früh das Fachgebiet gefunden hat, dem er bis an sein Lebensende treu blieb: die Mineralogie.

Er befasste sich mit allen Arten von Gesteinen: mit solchen, die er in den Bergen sammelte, aber auch mit solchen, die antike Künstler zu Statuen, Reliefs oder Gebrauchsgegenständen verarbeitet hatten. Es war nichts Besonderes, wenn man in seinem Labor kostbare etruskische Krüge stehen sah, deren Alter und genaue Herkunft er anhand der Materialbeschaffenheit herauszufinden versuchte.

Ein Ereignis, das wichtige Auswirkungen auf seine Arbeit als Mineraloge hatte, vollzog sich am 20. Juli 1969 um 22:17 Uhr (MEZ), als die erste Weltraumkapsel, Apollo 11, auf dem Mond landete. Lunares Gestein gelangte auf die Erde, und auch Lotos wurde von der Nasa eingeladen, an der Erforschung dieser erdfremden Materie mitzuarbeiten.

Seine ohnehin riesige Bibliothek vergrößerte sich noch mehr, und wenn er am Abend aus der Universität nach Hause kam, trug er ganze Stöße neuer wissenschaftlicher Zeitschriften unter dem Arm, die er nach dem Essen studierte. Das Zusammensein mit seiner Familie, seiner Frau und seinen beiden kleinen Söhnen, beschränkte sich immer mehr auf einige Stunden am Sonntagnachmittag.

An einem schönen warmen Sommerabend, als die Kinder bereits schliefen und auch seine Frau ihm gute Nacht gesagt hatte, ging Lotos wieder einmal in den Garten. Er hatte das traditionsreiche Stadthaus mit dem großen Garten voll alter Baumbestände von seinen Eltern geerbt. Zwischen den Büschen standen kleine Statuen oder abstrakte Plastiken. An der Figur ›die Fee‹ hatte die Mutter spezielle Freude gehabt. Die ›Fee‹ war künstlerisch nicht besonders wertvoll, darum hatte Lotos ihr keine Beachtung geschenkt; aber als er an diesem Abend in die helle Mondnacht hinaustrat, empfand er eine tiefe Rührung angesichts der Feenstatue. Er wusste nicht, warum. Vielleicht, weil sie ihn an seine verstorbene Mutter erinnerte?

Die lange schon nicht mehr gejäteten Beete waren von Unkraut überwuchert. Nur die Rosen blühten in ungestörter Schönheit. Nahe bei dem Biotop, wo der Boden sandig und mit kleinen Steinen übersät war, hatte sich ein ganzes Feld von Nachtkerzen angesiedelt. Der Abend dämmerte und eine Blüte nach der anderen durchbrach die schützende Knospenhaut, entfaltete übers Kreuz ihre vier hellgelb leuchtenden Blättchen und gab die Samenkapseln frei, die einen intensiven frischen Duft verströmten.

»Die Wildnis hat auch ihren Reiz!«, sagte er – wie um seine mangelhafte Gartenarbeit zu entschuldigen? – und zog den kleinen Gartentisch und die Gartenbank heran, holte eine Kerze aus der Küche, installierte seinen Laptop, um sich Notizen machen zu können, und vertiefte sich in die Lektüre seiner Zeitschrift, die sich mit den neuesten Erkenntnissen zur wissenschaftlichen Erforschung des Mondes befasste.

»Was die Menschen sich früher alles so gedacht haben, wenn sie sangen ›Guter Mond, du gehst so stille‹«, dachte er. »Mit all den seltsamen Geschichten über Mondgeister und Mondmenschen werden die Forscher jetzt tüchtig aufräumen.«

Kater Puschkin war neben ihm auf die Bank gesprungen und hatte sich eingerollt.

Im ruhigen, warmen Licht seiner Kerze sah er die ersten Falter durch den Garten flattern, unauffällig in der Farbe, aber von großem Wuchs. Ob die Nachtkerzen besondere Infrarotwellen aussenden, die diesen seltsamen Schwärmern der Nacht als Orientierungshilfe dienen? Oder ist es nur der eigenartige Duft der Blüten, der sie anzieht? Morgen würde er versuchen, es herauszufinden.

Er hatte noch nicht lange an seinem Tisch gesessen, als die Nachtkerzen sich zu bewegen begannen. Er sah kein Tier, spürte keinen Wind. Nur Stimmen glaubte er wahrzunehmen, Kinderstimmen. Fröhlich lachende Kinder, die er hörte, aber nicht sah. Manchmal kreischten sie in höchsten Tönen, wie Kinder das beim Spielen tun. Zuerst glaubte er, seine Söhne seien erwacht; aber diese Stimmen hier klangen irgendwie leichter und heller. Er hatte das Gefühl, sie zögen um seinen Sitzplatz herum und neckten ihn. Auf einmal blinkte und glitzerte es.
»Oh«, stöhnte er, »schon wieder ein Migräneanfall! Nach all dem Stress des heutigen Tages wäre das nicht verwunderlich. Vielleicht sollte ich ins Bett gehen.« Aber als er die Konturen kleiner tanzender Körper wahrnahm und einzelne Silben verstand, die offenbar Worte ergaben, merkte er, dass da wirklich etwas Ungewohntes vor sich ging in seinem Garten. Die seltsame Erscheinung fing an ihn zu interessieren. Er fragte. »Seid ihr Geister?« Keine Antwort. »Oder seid ihr Engel?« Keine Antwort. »Ich finde es nicht sehr nett von euch, dass ihr mich beim Arbeiten stört« – er hörte ein leises Lachen – »aber mir meine Fragen nicht beantwortet.« Auch hier Stille. Bei jeder Frage, die er stellte und besonders bei seinem Vorwurf wurden aber die Konturen der Körper schwächer, bis sie ganz verschwunden waren. »Meine Fragen scheinen ihnen nicht zu passen«, dachte er. Schließlich wurde er ärgerlich: »Und überhaupt solltet ihr längst im Bett sein und schlafen.« Eine Stimme sagte in ganz hoher Tonlage, wie wenn sie sich über ihn lustig machen wollte: »Wir schlafen nie.«

»Klar«, dachte Lotos, »wenn sie Geister sind, brauchen sie nicht zu schlafen.«

Er wandte sich seinem Buch zu.

Plötzlich waren die tanzenden Seelchen wieder da. Und auch ihre Stimmen hörte er wieder. Es waren offenbar einzelne Wörter, die sie in einem Singsangton aussprachen. Es tönte wie eine Aufzählung, jedes ausgesprochene Wort wurde kommentiert oder mit Lachen quittiert. Manchmal gab es auch ein Stocken vor dem Wort. Was war das nur für eine komische Sprache? Ezrek – eztak- gnutiez. Ein Wort schien ihnen besonders Spaß zu machen: potpal. Sie variierten und rhythmisierten es: *pot-pot-pot-pot-pot-pal-pal-pal* Die drei pals waren genauso lang wie die fünf pots. Sie setzten die Silben auch übereinander: die oberste Stimme sang fünfmal pot, die zweite dreimal pal, die unterste das ganze Wort: potpal, und das gesamte Muster immer wieder, sodass ein lustig schwebendes Terzett entstand. Dann bildeten sie ganze Sätze: *potpal nenie tah nnam red* und *knab red fua tsi eztak eid*. Diese Sätze skandierten sie als einen Vierviertaltakt, den sie auch mehrmals wiederholten. Ihr Singen und Deklamieren war aber nicht streng im Takt. Lotos interpretierte es nur so, weil er gewohnt war, immer alles in Regeln und Gesetzen zu sehen und in diesem Fall auch zu hören. Auf einmal riefen sie alle zusammen laut und die Silben dehnend: *So-tol*. Sie warteten, bis es als Echo von der Hauswand zurückkam, und dann noch einmal und noch einmal, bis Lotos begriff: Sie rufen ja meinen Namen! Nur sprechen sie die Buchstaben von hinten nach vorn. Sie spielen dieselben Spiele, die wir als Kinder gespielt haben.

Jetzt lachte auch er und stieg ins Spiel ein. Er musste sich sehr konzentrieren, bis er die beiden Sätze herausgebracht hatte: Sotol tsi eman niem. Rhi dies rew? Ein Kind sagte: »Ich heiße auch Lotos. Kennst du mich nicht?« Als er verneinte, sagte es: »Ich bin ja du!« »Wie bitte!?«, stieß er hervor, bis er realisierte, dass er sich selbst gegenüberstand, Lotos, dem Kind. Das war gar nicht lustig. Wie ein Blitz durchfuhr ihn die Erkenntnis, dass er sich durch seine ehrgeizige Schufterei an der Universität täglich willfähriger zwingen ließ, den letzten Zipfel seiner Kinderseele zu zerdrücken. Seine Fähigkeit, autonom zu denken und spielerisch zu erfinden, ging bei jeder Aufgabe Stück für Stück verloren. Der aufgenommene Vergangenheitsschutt hing wie eine Kugel an seinen Knöcheln und hinderte ihn daran, schnell zu sein, fröhlich, positiv, der Zukunft zugewandt. So sind wir alle, wenn wir erwachsen geworden sind, sagte er traurig – bis auf ein paar große Geister, die ihre Kinderseele durch ihr ganzes Leben rein erhalten konnten.

»Spiele mit uns!«, rief ein Kind, und vom Baum aus tönte es: »Such mich!«; aber als er hinter den Baum schaute, hörte er oben vom Wipfel ein Lachen und vor dem Baum ein Lachen. Von überall kicherte und prustete es. Und auf einmal flitzten Flämmchen herum, überall auf der Wiese und im Nachtkerzenfeld, sogar auf seinem Kopf. Er versuchte sie zu fangen, aber sie waren immer schneller als er. Er kam ganz außer Atem, aber auch er sprang herum und lachte, bis er nicht mehr konnte.

»Komm her, wir schaukeln dich«, riefen mehrere im Kanon. Er setzte sich auf die Schaukel und sie ließen ihn durch die Luft fliegen und Überschläge machen. Dabei riefen sie: »Keine Angst, wir fangen dich auf!« Es wurde ihm ganz leicht. Aller Ärger der letzten Wochen, alle Konkurrenzkämpfe, alle Rechthabereien fielen ab von ihm.

»Sotoli«, rief er fröhlich, als er ohne Wecker erwachte.

Das Gefühl von Leichtigkeit hielt den ganzen Tag an. In der Universität sollte er ein neues Systems von hochempfindlichen Sensoren vorstellen. Während er seine Berechnungen an die Wandtafel schrieb, kam ihm eine Neuerung in den Sinn, mit der man eine Schwäche des Systems beheben konnte. »Ein genialer Einfall, Herr Kollege«, sagte ein Konkurrent, »wie sind Sie darauf gekommen?« »Ich habe Verstecken gespielt«, antwortete Lotos lachend. Der Frager verzog sein Gesicht zu einem säuerlichen Lächeln, und Lotos erklärte, untermischt mit vielen Späßen, die Wirkung seiner neu entdeckten Strahlen. Er tat es so sicher, dass alle sich überzeugen ließen. Noch lange war ein ansteckendes Gelächter aus dem Hörsaal zu vernehmen.

Das schöne warme Sonnenwetter blieb erhalten, und so ging Lotos auch an diesem Abend in den Garten; allerdings ohne Buch und Kerze. Er wollte sich nur die Beine vertreten. Da sah er, wie eine Nachtkerze umfiel, dann eine zweite, eine dritte. Ein Weg öffnete sich. Lotos ging darauf zu. Am Ende des Nachtkerzenfeldes hätte die Blutbuche stehen sollen. Er sah sie nicht. Trotzdem tat er einen Schritt in diese Richtung. Da hörte er eine Stimme, die sagte: »Ein Schritt.« Niemand war zu sehen. Lotos erschrak. Woher kam die Stimme? Er machte einen weiteren Schritt. »Das war ein vorsichtiger Schritt«, hörte er die Stimme sagen. Die Angelegenheit begann seine Neugier zu wecken. Er machte einen starken Schritt und erhielt den Kommentar: »Das war ein mutiger Schritt«, und bei einem Sprung behauptete die Stimme, er wolle hoch hinaus. Vor lauter Nachdenken stolperte er. Das wurde mit einem Lachen quittiert und mit »Oha! das war unvorsichtig.« Die Stimme meldete sich von unter dem Boden. Befand er sich auf einem sprechenden Weg? Lotos wollte dahinterkommen und probierte noch viele andere Schrittarten aus.

Auf diese Art experimentierend kam er in eine märchenhafte Gegend, die er noch nie gesehen hatte. Es war Tag und die Sonne schien vom blauen Himmel. Weite Felder mit hochstämmigen weißen, gelben und karminroten margeritenähnlichen Pflanzen spiegelten sich in den Wänden einer weißen, fantasievoll gestalteten Architekturlandschaft. Einige Häuser hatten Glaswände und er sah wissenschaftliche Labors, in denen die Leute, offenbar mit Vergnügen, an ihm unbekannten modernen Geräten arbeiteten. Auf den Wegen zwischen den Blumenfeldern flanierten zufrieden aussehende Menschen.

Er setzte sich auf einen Stein. Statt zu kommentieren fing die Stimme nun an zu philosophieren: »Findest du, die Landschaft gehöre dir, weil du sie begehst? Nein, das ist nicht so. Was dir gehört, sind nur deine Schritte. Du bestimmst, welcher Geist dich leiten soll, während du deine Schritte machst. Läufst du gehetzt, von Machtsucht, Geldgier und Ehrgeiz besessen, dann findest du verseuchte Wüsten. Den Weg in ein harmonisches Szenarium wie dieses verdankst du deinem letzten Stückchen Kinderseele, die dich fröhlich und zuversichtlich steuert.«

»Das tönt alles sehr einleuchtend, aber so einfach ist mein Leben nicht«, sagte Lotos. »Ich brauche meine Fehltritte, bis ich weiß, wo mein Weg verläuft.«

»Klar! Der Mensch ist eine Lotosblume, deren Wurzeln im Schlamm stehen und die durch das reinigende Wasser zielstrebig nach oben wächst und sich in einer klaren Blüte entfaltet.«

»Ob meine Eltern sich das alles überlegt haben, als sie mir meinen Namen gaben?«, dachte Lotos. Die Stimme fuhr inzwischen fort:

»Du bist gerade den ›Schritt–für–Schritt–Weg‹ gegangen, den man auch den ›Ein-Schritt-Weg‹ nennt. Hast du gemerkt, wie schnell du auf diesem Weg vorwärts kommst? Du darfst dich nur von nichts ablenken lassen und musst dich auf jeden einzelnen Schritt konzentrieren, den du tust.«

Lotos war müde geworden und dachte: »Ich sollte mich allmählich auf den Heimweg machen.«

Er setzte den rechten Fuß sorgfältig auf, ließ die Fußsohle abrollen, spürte seine Beinmuskeln, seine Knie, Schenkel, Hüften, seinen Rücken. Dasselbe mit dem linken Fuß. Dann kam wieder der rechte Fuß an die Reihe, dann der linke Fuß; der rechte, der linke, der rechte. Die Arme pendelten leicht im Rhythmus der Schritte. Sein Atem strömte ruhig durch den Körper. Auf einmal hörte er die Stimme wieder. Sie sagte:

»Dreh dich um!«

Er tat es und war wieder zu Hause.

Er erwachte frisch und ausgeruht.

Er duschte, setzte das Teewasser auf, holte die Zeitung aus dem Milchkasten, übergoss den Teebeutel, setzte sich an den Gartentisch und las in Ruhe die Tageszeitung. »Musst du nicht zur Universität?«, fragte Vera. »Eins nach dem anderen«, antwortete Lotos. Sie reagierte mit freudigem Erstaunen. Ob er langsam begreift, dass das Hetzen ihm schadet?

An der Universität hatte er den Einführungsvortrag für die Erstsemester zu halten. Er schloss mit den Worten:

»Liebe Kommilitoninnen und Kommilitonen, der Stoff, den Sie zu bewältigen haben, ist immens, aber lassen Sie sich nicht entmutigen. Sie werden zum Ziel kommen, wenn Sie den Schritt-für-Schritt-Weg begehen, sportlich, locker, konzentriert.«

Die Studenten klopften zustimmend auf ihre Bänke und verließen den Hörsaal. Der alte Professor zog Lotos beiseite. »Ihr Vortrag hat mich erstaunt, mein lieber Kollege. Ich kenne Sie schon lange und schätze Sie. Jedoch halte ich Sie selbst eigentlich nicht gerade für den Schritt-für-Schritt-Typ. Ihr heutiger Vortrag war aber von großer Kraft, konsequent und sachlich, ohne alle theoretischen Zickzack-Sprünge. Wie kommen Sie zu dieser neuen Rhetorik?«

»Ich hatte eine Einsicht«, sagte Lotos, »und jetzt bin ich beim Üben.«

Als Lotos am Abend dieses anstrengenden Tages die Balkontür öffnete, war es zu spät, um noch im Garten zu arbeiten.

Seine Kinder waren krank und er hatte Vera geholfen, ihnen kalte Wickel zu machen. Die armen Kerlchen taten ihm leid mit ihren laufenden Näschen und ihrem Husten, und so hatte er ihnen noch eine Gutenachtgeschichte erzählt.

Lotos atmete tief die frische Nachtluft ein und ließ seine Blicke durch den Garten wandern. Da bemerkte er, wie die Äste der Blutbuche sich hoben und bogen. Seltsam! Der Himmel war wolkenlos und voller Sterne. Ein Gewitter war nicht in Sicht. Er ging auf die Blutbuche zu und sah im Wipfel des Baumes ein mächtiges Gesicht. »Oh, heute ist der Baumgeist gekommen«, sagte er respektvoll. Und schon begann es aus dem Gesicht mit starker, kerniger Stimme zu sprechen, dass es in seinem Inneren widerhallte:

»Ich bin zu dir gekommen, um zu klagen. Ihr Menschen haucht uns an mit dem schmutzigen Atem eurer Seelen und vergiftet uns unsere Luft.«

Lotos erschrak.

»Auch du kümmerst dich immer nur um deine Steine. Was tust du für den Wald und die Bäume und die Pflanzen?«

»Nichts«, musste Lotos zugeben, »aber schließlich kann ich nicht an alles denken«, fügte er etwas trotzig hinzu. »Du hast doch einen guten Platz auf unserer Wiese. Du kannst dich entfalten, wie du willst. Wir freuen uns an dir, zeigen dich unseren Freunden und alle bewundern deine mächtige Schönheit. Bist du damit nicht zufrieden?«

»Was ist das für ein Ton, in dem du mit mir sprichst!«, sagte der Baumgeist streng. »Ich weiß, mir geht es gut, außer dass die Autos von zwei Straßen an mir hochstinken. Aber niemand soll zufrieden sein, wenn es ihm allein gut geht.«

»Was kann ich für dich tun?«, frage Lotos.

»Du hast so einen schönen Namen und denkst in deinem Leben nur an Steine! Begreife das, wer kann!« Der Baumgeist schüttelte seine Äste, dass es knarrte und quietschte. »Und dann noch Steine vom Mond! Bringt doch erst einmal eure Erde in Ordnung!«

Lotos dachte: »Dass das Schimpfen und Kritisieren der alten Herren jetzt auch schon bei den Baumgeistsenioren üblich wird!«; aber er wiederholte seine Frage:

»Was kann ich tun?« (Das ›für dich‹ hatte er natürlich weggelassen!)

»Du hast eine verantwortungsvolle Stellung als Magister der Magna Mater. Was du sagst, das tönt weit übers Land, wie wenn du es von einem Berg ins Tal rufen würdest. Überlege dir gut, was du sagst! Wenn du von deinen Steinen redest, dann sage auch, dass Vertreter deines Geschlechts die Luft so verpesten, dass die Gletscher schmilzen und das Schmelzwasser uns den Boden unter den Wurzeln wegspült, bis wir zusammenbrechen. Sage diesen neuen Mamurras, dass sie dankbar zu sein haben, wenn sie ihre fetten Hintern auf unsere Eichenbänke setzen! Die Indianer wurden früher von ihren Stammesältesten gelehrt, sich zu entschuldigen, wenn sie uns fällen mussten, weil sie unser Holz brauchten, um ein Feuer zu entfachen und sich daran zu wärmen.« Nach diesem langen Satz musste der Baumgeist erst einmal tief durchatmen; aber seine Predigt war noch nicht zu Ende. »Bei den Mönchen gehört zu ›labor‹ auch ›orare‹! Aber in eurer heutigen Welt ist das Wort Respekt nicht mehr bekannt.«

»Oh!«, dachte Lotos und seufzte. »Jetzt stimmt er auch noch das Lob auf die früheren Zeiten an, genauso wie mein Vater es immer tat! Recht hat er ja schon irgendwie; aber seinen Ton könnte er doch etwas ändern.«

Es war, als hätte der Baumgeist seine Gedanken gelesen, denn plötzlich vernahm Lotos ein leises Säuseln in den Zweigen, und der Baumgeist sagte sanft: »Ich bitte dich, deine Studenten zu lehren, dass sie die Bedeutung der Bäume und Pflanzen für diese Erde verstehen müssen. Nicht nur das Memorieren ist jetzt ein Gebot der Stunde, sondern auch das ›Intellegere‹, und das heißt begreifen! Wir geben euch Schutz und reinigen eure Luft. Viele Pflanzen verschenken sich, um euch zu ernähren. Sie heilen eure kranken Körper mit ihren Säften und eure kranken Seelen mit ihrer Schönheit. Ohne uns könnt ihr nicht existieren. Wenn ihr nicht Sorge tragt für uns, sprecht ihr euer eigenes Todesurteil.« Er hatte seine Worte mit einem leisen Rauschen begleitet.

Lotos war bewegt von diesen Worten. »Wir wissen das ja eigentlich schon alles«, dachte er. »Du kannst immer wieder Aufrufe zur Rettung der Wälder in der Zeitung lesen, und die Wissenschaftler forschen intensiv für die Luftreinerhaltung; aber die geldgierige Tropenholzfällerlobby und die Kohlendioxydemissionsindustrie sind leider stärker als die Welterhalter.«

»Jetzt aber genug mit dem Gesäusel«, brüllte der Baumgeist plötzlich, dass es durch den ganzen Garten hallte und Lotos durch Mark und Bein ging. »Wir haben auch Kraft, um uns zu nehmen, was ihr uns nicht gebt«, und er streckte seine längsten Äste wie riesige Arme gegen Lotos, und bevor der zur Seite springen konnte, umschlang er ihn und zog ihn zu sich hinauf. Er wickelte ihn völlig ein in seine Zweige. Lotos spürte seinen Körper nicht mehr, keine Haut, keine Muskeln, keine Wärme, keine Kälte. Er glaubte, der Baumgeist würde ihn erdrücken. Aber seltsamerweise empfand er keine Angst. Im Gegenteil, ein Glücksgefühl durchströmte ihn. Alle Belastung fiel von ihm ab, es gab keine Grenzen mehr, er war getragen von der Kraft des Baumes.

»Ich bin eins mit der Erde!«, flüsterte Lotos. »Ich bin ein Teil von ihr! Ich spüre die Energie der Pflanzen durch mich strömen und atme ihren reinen Duft. Ach! Ich bin nicht mehr gezwungen, die Krone der Schöpfung zu sein.«

Als er erwachte, fühlte er eine unbekannte Spannkraft in sich. Er öffnete das Fenster und blickte in den frühmorgendlichen Garten. Die Blutbuche stand ruhig da wie immer, und die Nachtkerzen blühten in verschwenderischer Fülle. Während er sich seinen Tee zubereitete, betrachtete er die neuen Fotos vom Mond, die er gestern in der Küche aufgehängt hatte. »Ob es auch Sterne mit Vegetation gibt?«, dachte er. »Wir haben noch viel zu forschen, bis wir das alles begriffen haben.«

Plötzlich stand Kater Puschkin in der Küche. Er streckte sich und strich Lotos schnurrend um die Beine. Schließlich begann er zu miauen. Sein Fressnapf war leer. Er liebte Lotos sehr; aber es passte ihm nicht, dass Lotos am Morgen immer verträumt in die Küche kam und so langsam begriff, wie hungrig sein armer Kater war – nach all den Abenteuern der Nacht.

HIV/Aids: Die weltweite Herausforderung

Diese Kinder haben keine Chance, je eine Schule zu besuchen

Aids ist eine Katastrophe in Raten. Täglich sterben daran über 8.000 Menschen und etwa 13.000 stecken sich neu an – 90 Prozent davon in den Entwicklungsländern. Die Folge: Arme Länder werden noch ärmer. Aids nimmt ihnen die Chance zur Entwicklung, und Millionen Kinder werden zu Waisen.

„Brot für die Welt" hat den Kampf gegen die Ausbreitung des tödlichen Virus zu einem Arbeitsschwerpunkt gemacht. Mit Ihrer Spende unterstützen Sie Basisgesundheitsdienste, häusliche Krankenpflege und vor allem die Aufklärungsarbeit und den Einsatz bezahlbarer Therapien.

Brot für die Welt
www.brot-fuer-die-welt.de

Stichwort Aids
Postbank Köln
Konto 500 500-500
BLZ 370 100 50
Postfach 10 11 42
70010 Stuttgart